히라도의
눈물

히라도의 눈물

한정영 지음

다른

차례

봄, 고라이마치 너머의 그 소녀

　요란한 말발굽 소리에 귀가 먹먹해졌을 때쯤, 예닐곱 개의 횃불이 사립문 앞에서 너울거렸다. 어디선가 개 짖는 소리가 요란하게 들렸고, 무슨 일인지 내다볼 틈도 없이 횃불은 곧 집 앞마당을 대낮처럼 밝혔다. 이어 무리의 제일 앞, 가면을 쓴 무사 하나가 말에서 내렸다. 눈은 새빨갛고, 날카로운 송곳니 두 개가 드러난 모습이 영락없는 귀신의 형상이었다. 무사는 늑대가 먹잇감을 살피듯 사방을 휘둘러본 다음, 천천히 가면을 벗었다.

　허억!

　뜻밖에도 그는 아카즈키였다. 다마쿠라를 주군으로 모신다는 사무라이. 고라이마치(高麗町)•의 조선인들과 사기장을 감시하는 무사였다. 그는 급히 달려 나와 머리를 조아린 아버지의 목에 칼을 들이댔다. 잘 벼린 칼날이 횃불에 벌겋게 이글거렸다. 잠시 후, 칼은

● '고려 사람들의 마을'이라는 뜻으로 임진왜란 후 끌려간 사기장과 조선 사람들이 모여 살던 곳을 고라이마치라 불렀다.

하늘을 향해 치솟았다가, 허공을 가르며 다시 아버지의 목을 향해 날아들었다.

"아아악!"

세후는 비명을 지르며 발버둥쳤다.

눈을 뜨고 사방을 휘둘러보았을 때는 동녘 창문이 훤했다. 며칠은 그냥 지나친다 싶었는데, 또 같은 꿈이었다.

세후는 이마의 땀을 닦으며 일어나 앉았다. 온몸이 젖은 솜처럼 무거웠다. 아무리 숨을 몰아쉬어도 두근거리는 가슴이 좀처럼 진정되지 않았다. 머리를 몇 번이나 저어도 눈앞에서 아물거리는 듯한 칼날의 잔상 때문인지도 몰랐다.

문득 머리맡 선반 위를 쳐다보았다. 도자기로 만든 하얀 고양이가 씩 웃고 있었다. 반 뼘도 채 안 되는 작은 고양이였다. 자꾸 나쁜 꿈을 꾼다니까 엄마가 품속에 간직하라며 직접 모양을 내서 구운 것이었다. "우리 히라도(平戶)*에서는 오래전부터 고양이가 수호신이었단다!" 하면서. 그런데 어찌나 어설픈지 양쪽 귀는 짝짝이고, 검게 그린 수염도 짝짝이였다. 눈만 동그랗고 커서, 어찌 보면 놀란 토끼처럼 보이기도 했다. 그것을 볼 때마다 웃음이 났다. 그래서 자신도 모르게 피식 웃었다. 덕분에 섬뜩한 꿈은 머릿속 한쪽으로 조금 비켜났다.

● 일본 규슈 나가사키 현 북서쪽에 있는 섬.

물론 그게 꿈이 아니란 걸 세후는 알고 있었다.

아버지는 그날 밤, 느닷없이 들이닥친 다마쿠라의 병사들에게 목이 달아나지는 않았지만, 뭇매를 맞았다. 엄마가 나서서 손이 발이 되도록 비는 바람에 가까스로 더 큰 화를 면할 수 있었다. 그때 아카즈키는, "다시 한 번 조선으로 돌아갈 생각을 하면, 그때는 그릇을 구울 수 없도록 손목을 자를 것이야!"라며 엄포를 놓았다.

그러고서 한동안 잠잠하다 싶었는데, 어제는 다마쿠라가 보낸 일본 병사 셋이 와서 아버지를 데리고 갔다. 그 바람에 어머니는 도롱이를 뒤집어쓰고 종일 비안개가 자우룩한 고라이마치 입구를 오가며 아버지를 기다렸고, 세후는 각령(閣令)••의 낮은 창 너머로 자주 대문 밖을 힐끔거렸다. 하지만 해가 지고 밤이 이슥하도록 아버지는 돌아오지 않았다.

설마 아직도?

세후는 얼른 이불을 걷어 내고 일어나 바깥으로 뛰쳐나왔다.

"아버지!"

세후는 마당에 내려서서 소리를 쳤다. 어제와는 다르게 하늘이 파랬고, 따가운 햇살이 눈을 찔렀다.

"왜 아침부터 호들갑이냐?"

아버지가 각령 뒤편의 가마 쪽에서 걸어오고 있었다. 가칫해 보

•• 도자기 공방.

이긴 했지만, 몸 상한 데는 없는 듯했다. 그 모습을 보고서야 세후는 안도의 숨을 내쉬었다.

세후는 반가운 마음에 얼른 달려갔다.

"아버지!"

"허허! 이놈이 눈이 멀었느냐? 눈앞에 아비를 두고도 왜 자꾸 부르는 게야? 그나저나 마침 잘되었구나. 아비랑 여우 고개에 가야겠다."

"네?"

"뒷산 여우재 아래 냇가로 가서 철가루 좀 훑어야겠어. 그리고 오는 길에 떡갈나무가 있으면 베어 와야겠구나."

"떡갈나무요? 유약을 만드시게요?"

"그래. 어서 서둘러라. 그리고 칠보! 어디 있나?"

아버지는 세후의 어깨를 툭 치고는 헛간 쪽으로 걸어갔다. 거기서 칠보 아재가 나왔다.

"무슨 일이우?"

"지지난 달에 묻어 둔 청자토 좀 꺼내 오게. 흙이 아마 충분히 삭았을 걸세. 그리고 오늘내일, 가마 좀 말려 두고!"

가마를 말린다고? 그럼, 다시 그릇을 굽겠다는 건가?

세후는 망태기를 찾아 어깨에 걸었다. 그때, 엄마가 달려왔다. 그러더니 세후의 망태기에 흰 보자기 꾸러미를 넣어 주었다.

"감자 삶았다. 옥수수랑 주먹밥도 넣었어. 끼니때 되면 꼭 챙겨

먹어. 알았지? 참, 목메지 않게 물 먼저 마시고!"

엄마가 대나무 물병을 허리춤에 채워 주더니, 양손으로 세후의 얼굴을 쓰다듬었다. 세후는 고개를 끄덕였다.

"응, 알았어, 엄마!"

엄마의 일본 말에, 세후도 일본 말로 대답했다. 그러자 엄마가 씩 웃었다. 엄마의 보조개가 움푹 파였다.

"뭘 하는 게냐? 어서 따라나서지 않고?"

문을 나서며 아버지가 소리쳤다. 세후는 뒤를 따랐다.

아버지는 곧장 집 뒤쪽의 숲길을 따라 말없이 걸었고, 산 하나를 넘을 때까지 한마디도 하지 않았다. 그러는 동안 세후의 머릿속에는 한 가지 생각만 떠돌았다.

'정말 아버지한테는 아무 일도 없었던 걸까?'

"너는 저 아래로 내려가 지남철로 철가루를 모으거라!"

여우재를 채 넘기 전에, 아버지가 산기슭에서 아래를 가리키며 말했다. 와 본 적이 있는 곳이었다. 그렇지 않아도 물소리가 가까이서 들렸다.

"아버지는요?"

"난 여우재를 넘어갔다 오련다. 백토를 구해야겠다!"

"백토라니요? 백자기를 구우시게요? 하지만 이 섬에는 없다면서요?"

틀림없이 아버지가 그랬다. 백자기를 구우려면 백자토가 있어야 하는데, 아무리 섬을 뒤져 보아도 찾을 수가 없다고. 간혹 발견되기는 하지만 많은 양이 아니라서 시원치 않다고.

아버지는 대답하지 않았다. 지게를 내려놓고, 잠시 사방을 휘돌아보며, 땀을 식혔다. 엄마가 싸 준 감자 한 알을 꺼내 베어 먹었다.

그러고 있을 즈음, 어디선가 새소리가 들렸다. 그때, 세후는 다시 물었다.

"철분이 들어간 걸 백자토에 쓰시려고요? 칠보 아재에게는 청자토를 준비하라고 그러시더니요?"

"시키는 대로 하거라! 뭐든 만들어야지 않겠느냐? 청자든 백자든, 뭐든 만들 게야!"

아버지는 공연히 뿔난 투로 말했다. 어머니가 싸 준 감자를 꿀꺽 삼키더니 주먹을 꽉 쥐어 보였다. 무슨 결심이라도 단단히 한 모양이었다.

"다이묘와 다마쿠라가 맘에 들어 하는 것이면 된다! 다마쿠라가 하는 말이, 곧 조선과 왜나라가 다시 국교를 맺을 거란다. 그때가 되면 부산포 왜관●이 다시 열린다는구나. 그럼 왜관에 보내 준다고 했다. 무슨 말인지 알겠느냐?"

"……?"

● 일본 사람들이 여러 가지 물자를 교역하던 곳.

"웅천**은 부산포 왜관에서 먼 곳이 아니야. 어릴 때 네 할아버지를 따라서 자기를 가지고 부산포 왜관에 가 본 적이 있단다."

"왜요? 왜 꼭 가야 하는데요?"

그러려던 건 아니었는데, 얼결에 되묻고 말았다. 그래 놓고서 세 후는 제풀에 놀라 움찔했다. 아버지의 눈빛이 파리하게 빛났던 탓이다.

"왜라니? 조선 사람이 제 고향으로 돌아가는 데 무슨 이유가 더 필요하다는 말이냐?"

"하지만 지금은 여기서 살고 있잖아요?"

"아비가 몇 번을 말해야 알겠느냐? 아비는 끌려온 것이라고! 그러니 돌아가야지!"

"하지만 저는요?"

"무슨 말이냐?"

"저는 아버지 아들이기도 하지만, 엄마의 아들이기도 하잖아요."

저에게도 절반은 왜나라 사람인 엄마의 피가 흐르잖아요. 아버지가 자꾸만 그러면 엄마랑 저는 어떻게 하라고요? 지난번처럼 또 엄마만 남기고 조선으로 가시려고요? 그런 말이 자꾸만 입에서 맴돌았다. 하지만 더는 입을 떼지 못한 채 아버지의 눈치를 살폈다.

―――――――――

●● 지금의 경상남도 진해.

그런데 호통을 칠 줄 알았던 아버지가 무슨 말을 꺼내려다가 말고 입술만 푸르르 떨었다. 아버지는 한참 만에 숨을 몰아쉬고는 말했다.

"너, 너도 조선 사람이다!"

"알아요. 반쪽은 조선 사람이라는 거! 그렇지만……."

"반쪽이라니?"

"아이들이 다 그렇게 놀려요! 아버지도 아시잖아요!"

세후는 얼결에 소리를 높였다가 얼른 목소리를 가라앉혔다. 방금 전처럼 또 가슴속에 담아 둔 말이 튀어나올지 몰라서였다.

'제가 왜 사무라이가 되고 싶어 하는지 아세요? 바로 그 아이들 때문이란 말이에요!'

하지만 이번에도 가까스로 가슴을 쓸어내렸다.

"무어 그리 말이 많은 것이냐? 아비가 조선 사람이면, 너도 조선 사람인 것이다! 알겠느냐?"

"아버지!"

"됐다. 그만 일어나거라. 서둘러야 해 지기 전에 돌아갈 수 있겠다."

아버지는 먼저 몸을 일으켜 세웠다. 땀을 식히느라 풀어 헤쳤던 옷고름을 다시 고쳐 매고는 지게를 짊어졌다. 하는 수 없이 세후도 야물거리듯 하던 감자를 망태기에 넣고 일어났다. 그때 아버지가 당부하듯 말했다.

"개울 이쪽에서 해야 한다. 건너가지 말고! 신시(申時)•경에 예서 다시 만나자!"

세후는 대답 대신 고개를 끄덕였다.

아버지는 그 말을 남기고 서둘러 여우재를 오르기 시작했다. 세후는 아버지의 뒷모습이 완전히 사라질 때까지 기다렸다가 물소리를 들으며 개울로 내려왔다.

지난해 가을인가? 단풍잎이 빨갛게 물들 즈음 왔던 때보다 개울물이 거칠게 흘렀다. 어제까지 내린 비 때문인 듯 물가에 쓰러진 풀들이 많았고, 물빛도 흙탕은 아니었지만, 탁했다.

세후는 물줄기가 굽어 흐르는 곳 바깥쪽에 망태기를 내려놓았다. 물가는 야틈했고 물줄기가 굽으면서 그 바깥에 쌓아 놓은 모래가 수북했다. 그 모래 위아래로 물이 찰랑거렸다. 철가루를 모으기에는 적당한 곳이었다.

세후는 허리를 구부린 채 앉아 손바닥만 한 지남철로 모래 속을 휘저었다가 살며시 들어 올렸다. 아주 적은 양이지만 군데군데 새까만 철가루가 들러붙어 있었다. 세후는 그것을 조롱박에 털어 넣었다. 그러기를 몇 차례 반복했다.

하지만 세후는 곧 손놀림을 멈추고 중얼거렸다.

"조선⋯⋯."

• 오후 3~5시.

조선이 그리도 중요한 걸까? 엄마도 여기에 있고, 집도 여기에 있는데 어떻게 엄마를 두고 조선으로 갈 생각을 했을까?

꼭 열흘 전 이른 아침, 칠보 아재와 함께 백자토를 찾으러 간다던 아버지가 한 시진(약 2시간)도 안 되어 돌아왔다. 그러고는 다짜고짜 짐을 꾸리더니 세후에게 따르라며 서둘러 사립문 밖으로 나섰다. 누나를 잘 챙기라며 단단히 이르는 말이 예사롭지 않았다. 그예 엄마가 나서서 어딜 가느냐고 소매를 붙들자 아버지는 대답 대신, "다마쿠라가 묻거든 모른다고 하시오!"라고만 했다. 그러고는 잠깐 머뭇거리는 듯하더니, 생판 모르는 남에게 하듯 한마디 덧붙였다.

"그동안 고마웠소."

세후는 그때, 아버지가 엄청난 일을 저지르고 있음을 어렵지 않게 눈치챌 수 있었다. 다마쿠라는 모든 조선인이 히라도를 떠나는 걸 금지했고, 뿐만 아니라 그의 신임을 얻은 사기장 몇을 제외하고는 히라도 안에서도 조선인들은 함부로 나다닐 수 없었다. 그럼에도 다마쿠라가 모르게 어디를 간다는 건, 목숨을 건다는 뜻이었다.

다마쿠라는, 히라도 성의 주인이자, 다이묘*의 명령을 받아 고라이마치를 다스리는 장군이었다. 사람들 말로는, 다이묘와 친척이고 그가 거느리는 사무라이만 해도 수백 명은 될 것이라 했다. 임진왜란 때에 큰 공을 세웠다는 소문도 있었는데, 그때 붙잡아 온 사기장을 히라도로 데려온 것도 그라고 했다. 그러므로 어디를 가든 다마쿠라의 허락을 받아야 했다. 말하자면 히라도에서는 그가 임금님이나 마찬가지였던 것이다.

그때, 칠보 아재가 진흙물이 뚝뚝 떨어지는 손을 들어 아버지를 가로막았다. 수비**를 하다가 급히 달려 나온 모양이었다.

"미쳤소? 성님, 설마 조선에서 온 쇄환사***를 따라가려 이러는 것이오? 대체 왜 이러신다요. 내가 몇 번이나 말씀 안 드렸소? 가 보니 별 볼 일 없다고. 아니, 사람 취급도 않고, 반쪽 왜놈 취급한다고. 조선에서는 양반네들이 우리덜을 그리 대한다고. 무슨 세작(간첩) 보듯 한다 안 합디여. 우리가 여그 끌려오고 싶어 왔소? 왜넘덜이 붙잡아 온 거 아니요? 그란데도 조선이란 나라는 우리를 왜놈으로 취급한단 말이어라! 왜 내말을 그리 몬 알아듣소?"

칠보 아재는 과장스럽게 목소리를 높였다. 여러 지방의 사투리가 뒤섞여 있어서 그런가, 여느 때보다 거칠게 들렸다.

작년쯤엔가 아재에게 들은 이야기가 있었다. 임진년(1592년)에 시작된 전쟁이 7년 만에 끝나고, 또 그로부터 몇 년이 지나서 조선과 왜 사이에 무슨 조약이란 걸 맺었다고 했다. 이때 조선과 일본은 서로 붙잡은 백성들을 돌려주기로 했다는데, 왜에 끌려온 조선 사람을 데리러 온 사람을 쇄환사라고 했다.

● 일정한 영토를 다스리는 영주.

●● 진흙에서 불순물을 걸러 내고 도자기를 굽기에 좋은 흙으로 만드는 일.

●●● 임진왜란 후, 일본에 붙잡힌 조선인 포로를 데려가기 위해 조선에서 온 관리들.

옹기를 짊어지고, 경상도와 충청도를 넘나들며 장돌뱅이로 떠돌던 칠보 아재는 부산포 왜관으로 가려다가 김해에서 왜군에 붙잡혀 끌려왔고, 운이 좋았던지 1차 쇄환사를 따라 조선으로 돌아갔었다고 했다. 그러나 1년도 안 돼 장사치들의 배를 몰래 얻어 타고 다시 일본으로 돌아왔단다. 그게 사실인지 확인할 길은 없었지만 이따금씩 아버지나 동네 어른들이 하는 이야기를 들어 보면, 거짓말은 아닌 듯했다. 어쨌든 칠보 아재는 고라이마치로 들어와 이집 저집 드나들며 그릇 만드는 기술을 배웠는데, 떠도는 게 안쓰러워 아버지가 거두어 주신 터였다.

하지만 칠보 아재의 말도 아버지에게는 소용 없었다.

"조선에서 쇄환사가 왔다는 걸 자네도 알고 있었나? 그런데 왜 진작 나에게 말하지 않았어? 자네도 서두르게. 지금 쇄환사들이 탄 배가 나가사키로 가는 중인데 히라도 포구에 지금 머물고 있다네. 어서!"

아버지는 정신이 반쯤 나간 사람 같았다. 칠보 아재를 막무가내로 끌어당겼다. 그러자 칠보 아재는 아버지를 뿌리쳤다.

"됐소! 그놈의 조선 땅, 난 지긋지긋하오. 가려거든 성님이나 가쇼."

그러고서 칠보 아재는 비켜섰다. 아버지는 기다렸다는 듯 세후의 손목을 잡아 이끌며 서너 걸음 앞으로 나섰다.

그러나 이번에는 세후가 끼어들었다. 조선이 아버지에게 어떤 곳인지는 몰라도, 세상에! 엄마를 두고 간다니! 말도 안 되는 일이라고 생각했다. 아무리 조선 사람들이 일본 사람들을 싫어한다고 해도 그렇지, 어떻게 엄마를 두고 간단 말인가!

"엄마는요? 왜 우리만 가는 거예요? 엄마가 안 가면 저도 안 가요!"

물론 이렇게 앙탈을 부리는 게 통하지 않으리라는 것쯤은 세후도 알고 있었다. 아버지는 무엇이든 뜻대로 하는 야멸친 사람이었으니까. 하지만 그래도 하는 데까지는 해 봐야 했다.

세후는 아버지의 손아귀에서 벗어나려고 발버둥쳤다.

"네 이놈!"

아버지가 소리를 높였다. 그리고 동시에 뺨을 후려칠 듯 북두갈고리 같은 손을 번쩍 치켜들었다. 순간, 맞지도 않았는데 눈물이 왈칵 솟았다. 그 때문이었을까. 아버지는 올렸던 손을 스르르 내렸다. 그러고는 목멘 소리로 말했다.

"아, 알았다. 나중에, 나중에 엄마를 꼭 데리러 오마. 그럼 되겠니? 하지만 지금은 안 된다! 조선 사람만 갈 수 있어. 조선에서 온 쇄환사가 어찌 왜인을 배에 태우겠느냐?"

"그래도……!"

"이 아비를 못 믿겠느냐? 지금이 아니면, 영영 조선으로 돌아갈 수 없다. 이 아비의 평생소원인데, 그런데도 안 된단 말이냐?"

아버지는 읍소하듯 했다. 절박해 보였다. 그 때문에 세후는 당황했다. 아버지가 이런 적은 한 번도 없었다. 세후 앞에서 부탁하는 듯한 모양새라니! 그만큼 간절하다는 뜻일 거였다. 자나 깨나 조선으로 돌아가야 한다고 했으니까.

"하지만 엄마는……?"

"약속하지 않았느냐? 꼭 데리러 온다고!"

결국 세후는 고개를 끄덕이고 말았다.

하지만 엄마까지 놓고 뛰듯이 달려간 50리 길 히라도 포구에, 조선 쇄환사의 배는 없었다. 멀찌감치 포구가 보이는 언덕 위에 다다랐을 때, 아버지가 타려던 배는 이미 포구를 떠나고 있었다. 그럼에도 아버지는 미친 사람처럼 소리를 지르며 포구를 향해 내달렸고, 마침내 돌부리에 걸려 고꾸라지고 말았다. 그와 함께 등에 짊어졌던 커다란 대나무 광주리가 벗겨져 바위턱을 때렸고, 그 속의 도자기가 산산조각 났다.

아버지는 쇄환사가 탄 배의 커다란 황포 돛이 수평선 너머로 완전히 사라질 때까지 깎아지를 듯한 해안 절벽 끝에 앉아 꼼작도 하지 않았다. 그리고 세후는 그 뒤에 서서 위태위태한 아버지의 등만 한없이 바라볼 수밖에 없었다.

세후는 생각을 갈무리하고 다시 지남철을 모래 속에 넣어 휘저었다. 다시 한 번, "그놈의 조선!" 하면서 중얼거렸다.

그런데 어느 때쯤이었을까?

"꺄르르르!"

여자아이의 웃음소리가 들렸다. 건너편에서 나는 소리였다. 세후는 얼른 개울에서 나와 숲으로 숨었다.

곧 잿빛이 도는 호소나가(細長)*를 입은 또래의 여자아이가 개울 건너편 숲 사이에서 나타났다. 붉은색 꽃 그림 때문인지 회색빛 옷을 입었는데도 화려해 보였다. 이마가 훤하게 드러나도록 묶어 올린 머리카락을 찰랑이며 바윗돌 위로 이리저리 뛰어다니는 여자아이는 참으로 예뻤다. 고라이마치에서 저렇게 예쁜 아이를 본 적이 없었다. 세후는 넋을 잃고 한참을 쳐다보았다.

"아기씨, 그쪽은 위험해요!"

정신을 차리고 보니, 엄마 또래의 여인이 그 뒤를 따르고 있었다. 여인은 숨이 찬 듯 할딱거리며 손을 내저었지만, 여자아이는 개울가 바위를 이리저리 뛰어다니며 깔깔거리며 웃었다. 그 뒤로 흐드러지게 핀 사쿠라가 여자아이의 얼굴을 더욱 환하게 비추고 있었다.

그러나 그것도 잠깐이었다. 여자아이가 둥근 바위 위에 올라서더니 뒤따라오던 여인에게 손짓을 했다.

"유모! 빨리 와!"

바로 그때였다. 뒤편 숲에서 새가 날았다. 푸드득, 하는 소리와 함께 새가 여자아이의 옆을 스쳐 지나갔다.

---

* ほそなが. 어린 여자아이의 정식 복장.

"아악!"

여자아이가 깜짝 놀라 몸을 피했다, 싶었는데 몸의 균형을 잃고 한쪽으로 실그러지는 듯하더니 곧바로 바위 아래로 미끄러졌다. 하필이면 세후가 지남철을 휘젓던 모래밭 맞은쪽, 물줄기가 휘돌아 생긴 웅덩이였다. 유독 파란빛을 머금고 있는 깊은 곳이었다. 세후는 제풀에 놀라 몸을 움찔 떨었다.

"어푸어푸! 유모! 사, 살려……줘!"

여자아이는 연거푸 자맥질을 해 댔다. 뒤늦게 달려온 여인은 바위 위에서 이러지도 저러지도 못하고 발만 동동 굴렀다. 여자아이가 신었던 게다 한쪽은 벌써 개울 아래로 떠내려가고 없었다.

"아기씨! 아기씨!"

세후는 뛰어나갈까, 했지만 망설였다. 아버지가 개울 건너편으로 가지 말라고 한 이유를 알고 있어서였다. 개울을 건너 야트막한 언덕 하나만 넘으면 왜인들이 사는 마을이었다. 가 보지는 않았지만, 다마쿠라가 산다는 히라도 성도 그쪽에 있다고 했다. 그러나 왜인들이 조선인들을 좋아하지 않기에, 고라이마치의 사기장들도 왜인들 마을 가까이는 가지 않았다. 그럼에도 불구하고 아버지가 이곳까지 온 건 안료에 쓸 철가루 때문이었다. 주위에는 마땅히 철가루를 얻을 곳이 없었고, 그나마 안료에 섞어 쓸 성분 좋은 철가루를 얻을 수 있는 곳이 바로 이 개울가였기 때문이었다. 아버지는, "아마도 이 개울 위쪽에 철광석이 많은 모양이구나!" 했다.

그때, 여자아이가 자맥질하는 횟수가 눈에 띄게 줄어들었다. 이 대로 놓아둔다면, 오래지 않아 물속으로 완전히 가라앉을 게 틀림 없었다. 안 되겠다는 생각이 들었다. 세후는 벌떡 일어나 뛰었다. 얕은 개울을 철벅이며 건너서 물결이 소용돌이치는 구덩이로 헤엄쳐 갔다.

헤엄치기는 칠보 아재에게 배웠다. 어렸을 때는 해안가에 나가 본 적이 많지 않았지만, 칠보 아재가 함께 살기 시작한 뒤로는 자주 물가에 나갔다. 칠보 아재는, "내 어렸을 적에는 별명이 물개였느니라!" 하면서 툭하면 세후를 데리고 해변에 나가 헤엄도 치고 물고기도 잡았다.

세후는 막 자맥질을 멈추고 물속으로 빨려들어 가는 여자아이의 손을 잡아끌었다. 그런 다음 겨드랑이에 손을 넣어 몸통을 붙잡았다. 한 팔로 헤엄치기가 만만치 않았지만, 그나마 거리가 짧아 다행이었다. 세후는 젖 먹던 힘까지 쏟아 내어 가까스로 여자아이를 물가로 끌고 나왔다.

곧바로 여인이 달려와 여자아이의 몸을 흔들어 댔다.

"아기씨! 아기씨!"

세후는 어쩔 줄 몰라 하는 여인을 밀쳐 냈다. 그러고서 여자아이의 목을 돌려 얼굴을 옆으로 향하게 한 다음, 젖가슴 위쪽을 두어 번 힘주어 눌렀다.

"꾸웩! 우어억!"

다행스럽게도 여자아이는 곧바로 몸을 출렁이며 물을 뱉어 냈다. 그러더니 금방 눈을 떴다.

살, 았, 다!

세후는 자신도 모르게 입속으로 중얼거렸다. 동시에 여자아이와 눈이 마주쳤다.

"누구……?"

세후는 대답하지 못하고, 벌떡 일어나 자기도 모르게 뒷걸음질을 쳤다.

"얘! 넌 누구지? 얘! 거기 좀 섰거라!"

여인이 연달아 소리쳤지만 세후는 멈추지 않았다.

세후는 여자아이의 창백해진 얼굴을 한 번 쳐다보고는 뛰었다. 개울 건너편에 이르러 다시 돌아보았을 때, 또다시 어디선가 새가 날았고, 여자아이 쪽으로 사쿠라 꽃비가 내리고 있었다. 그 모습을 눈에 깊이 담아 놓고, 세후는 얼른 망태기를 짊어지고 아버지와 헤어졌던 산기슭까지 올랐다. 옷이 물에 젖어 무거웠다. 산속의 찬 공기가 스며들어 온몸이 심하게 떨렸다.

'어쩌지?'

공연한 짓을 한 게 아닌가 걱정이 됐다. 절대로 왜인과 마주치지 말라고 했던 아버지의 말이 생각났다.

세후는 빈 망태기를 짊어지고 터덜터덜 산을 내려왔다. 자꾸만 여자아이의 얼굴이 떠올랐다.

히라도에서 사는 법

바람이 자꾸만 각령 안을 기웃거렸다. 모르는 체하려 덜 마른 호로병*을 앞에 놓고 가리새**를 집어 들었다. 하지만 가리새를 고쳐 잡기도 전에, 바람은 각령의 문을 그예 밀어젖혔다. 그 순간을 기다렸다는 듯, 바람이 아우성치며 몰려 들어왔다. 그러고는 탁자 위에 널려 있는 덜 마른 그릇들 사이를 들쑤시고 한참 분탕질을 치더니, 마침내 코끝에 옅은 꽃 내음을 훅 뿌리고 달아났다.

세후는 결국 가리새를 내려놓고 일어나 각령 밖으로 나왔다. 바람에 못 이긴 사쿠라 잎이 때마침 흩날려 발아래 떨어졌다. 안마당, 우물가, 초막의 지붕까지 사쿠라 꽃잎으로 희끗희끗했다. 그리고 그 한 점 꽃잎이 떨어져 있는 곳마다, 휘날리는 꽃잎에도, 뿐만 아니라 가지 끝에서 하늘거리는 꽃잎에도 엊그제 본 소녀의 얼굴이 아른거렸다. 그 흰 얼굴과 미소, 그 맑은 웃음소리까지.

● 호리병의 옛말.

●● 말린 도자기나 초벌 도자기의 거친 부분을 다듬을 때 쓴다.

세후는 햇살이 내린 안마당을 가로질렀다. 수비장*을 돌아 가마 뒤편으로 걸었다. 거기 장작더미 사이에서 감나무를 깎아 만든 목검을 찾아 들었다.

양손으로 목검의 손잡이를 힘껏 움켜쥐고, 숨을 깊이 들이쉬었다. 그런 다음 위에서 아래로 허공을 내리쳤다.

'휘이잉!'

목검의 칼날이 공기를 가로지르자 허공의 비명 소리가 났다.

세후는 더 힘껏 손에 힘을 쥐어 다시 한 번 칼끝을 하늘 높이 추켜들었다. 그런데 바로 그때였다.

"세후야! 어디 있느냐, 세후야?"

아버지 목소리였다. 세후는 얼른 목검을 거두었다. 그러나 아버지가 한 걸음 빨랐다.

"네 이놈! 어찌 신성한 가마 앞에서 그리 요란한 작대기를 휘두르고 있는 게냐? 아비가 가마 앞에서는 몸과 마음을 모두 정갈하게 하라고 이르지 않았느냐?"

아버지의 불뚝성에 세후는 딸꾹질이 났다.

"어서 옷 갈아입고, 히라도 포구에 갈 준비를 하거라!"

아버지는 세후가 무어라 대꾸할 틈도 없이 그리 말하고는 처마 아래 시렁에 걸어 두었던 대나무 광주리를 들고 앞마당 쪽으로 다

● 진흙에서 불순물을 걸러 내는 작업을 하는 곳.

26

시 돌아 나갔다.

잠시 머뭇거리다가 각령까지 따라 나가 보니, 아버지는 커다란 대나무 소쿠리에 도자기를 하나씩 하나씩 넣고 있었다.

"하나도 깨뜨리지 말거라!"

아버지는 그릇들이 서로 부딪쳐 깨지지 않도록 짚을 엮어 위와 아래를 감쌌다. 옆에 서서 지푸라기를 꺾어 주는 누나의 손길이 아주 차분했다.

"세후, 이거 내가 그렸어. 엄마가 좋아하는 꽃이야."

세후가 다가서자 누나가 활짝 웃으며 그릇 하나를 내보였다. 복사꽃이 그려진 호로병이었다. 하지만 센 불에 구웠는지 주둥이에 금이 가 있었다. 그래도 누나는 좋은 모양이었다. 하긴 복사꽃은 누나가 가장 좋아하는 꽃이니까.

"엄마가 이 꽃 좋아해! 뒷산에 아주 많아!"

누나는 복사꽃을 볼 때마다 그런 소리를 했다. 하지만 누나 말대로 뒷산에 복사꽃이 많은 건 아니었다. 뒷산에는 봄마다 철쭉만 새빨갛게 물들곤 했다. 물론 엄마도 복사꽃을 좋아하지 않았다. 오히려 엄마는 복숭아 담마진(두드러기) 때문에 예쁘다고 말하긴 해도, 가까이 두지 않았다.

아버지 말로 치자면, 누나는 '머리가 조금 상했기' 때문이다. 그러므로 누나는 아무 때나 흰소리를 자주 해댔다. 해안가에만 데려가도 누나는, "세후야, 엄마! 엄마가 저기에 있다!"라고 말하곤 했으니까.

그런데 이상했다. 온전치 못한 도자기를 구태여 장터에 내다 팔려는 것이. 보통의 사기장이라면 그런 것은 주저 없이 깨 버렸을 거였다. 아니, 아버지도 얼마 전까지만 해도 그랬고, 세후에게도 그렇게 가르쳤다. 하지만 그것이라도 쓸 사람이 있을 테니, 장터에 내다 팔겠다는 거였다.

원래는 아버지가 만들었더라도, 도자기는 함부로 내다 팔 수 없었다. 그것은 모두 다이묘의 것이었다. 다이묘의 허락이 있기 전까지는 버릴 수도 없었다. 다이묘는 다마쿠라를 통해 항상 조선인 사기장들이 굽는 도자기를 감시했다. 아버지가 히라도 포구에 다녀오던 날 못매를 맞은 건, 조선 쇄환사를 따라간 탓도 있었지만, 그날 저녁 화를 참지 못하고 기껏 구워 놓았던 도자기를 모두 깨 버린 탓도 있었다. 다이묘의 재산을 함부로 대했던 것이다.

아버지가 도자기를 구워 놓으면, 한 달에 한 번 다마쿠라 사람들이 와서 쓸 만한 것은 모두 가져갔다. 그러면 남은 것들, 이를테면 다루다가 이가 빠졌거나, 유약이 흘러내려 그림이 지워진 것, 혹은 가마의 센 불을 견디지 못하고 쪼그라든 것들만 남았다. 그것들을 어떻게 할 것인지는 사기장 마음이었다. 이웃에 나누어 줘도 되고, 깨뜨려도 상관없었다. 그걸 아버지는 다마쿠라에게 부탁해 다이묘의 허락을 받아 두 달에 한 번 장터에 나가 팔 수 있었다.

오늘이 바로 그날이었다. 아버지는 큰 소쿠리를 절반 조금 넘게

채우고는 청자 접시 열 개를 세후에게 건네주었다.

"작은 소쿠리에 담아라!"

세후는 아버지가 시키는 대로 했다. 모두 조금씩 뒤틀리거나 우글쭈글하거나 혹은 얼금얼금한 접시들이었다.

"세후야! 그거 누나가 그렸어. 저어기 나가서!"

접시를 들어 이리저리 보고 있는데, 옆으로 다가온 누나가 활짝 웃으면서 말했다. 손으로는 가마 너머를 가리켰다. 북쪽 바다가 있는 쪽이었다.

"응! 알았어, 누나!"

가만히 보니 가운데 그림이 그려져 있었다. 바닷가 항구에 배가 떠 있는 그림이었다. 얼핏 바닥에는 무슨 글자 같은 것이 새겨져 있는 것이 보였다. 추측이 맞는다면, 조선에서 쓰인다는 언문* 같았다.

"그런데 좀 아깝다. 모양이 완전히 동그랗지가 않네. 센 불 때문에 한쪽이 쪼그라든 건가? 그것만 아니면 그림도 예쁘고……."

"아니야. 처음부터 이렇게 만들었어."

세후가 혼잣말처럼 내뱉은 말에, 문득 누나가 알 수 없는 소리를 했다.

"누나! 무슨 소리야? 아버지가 처음부터 이렇게 만드셨다고?"

"다 담았느냐? 그럼 어서 가자!"

---

* 한글을 낮추어 부르던 옛말.

세후의 되물음에 누나의 대답 대신 아버지의 목소리가 먼저 들려왔다. 누나는 고개를 살짝 까닥였다.

'설마! 아버지처럼 빈틈없는 분이 일부러 그러셨을 리가!'

아버지는 여느 사기장처럼, 대쪽 같은 사람이었다. 고려 때부터 대대로 사기장의 집안이라는 말을 하면서, 눈에 보일까 말까 한 흠집만 생겨도 가차 없이 깨 버렸다. 한번은 다마쿠라가 보낸 사람이 찻잔을 가져가겠다고 했는데, 색이 덜 나왔다며 주저 없이 바닥에 던져 부수어 버리기도 했다.

세후는 고개를 갸웃거렸다.

'그럴 리가 없다. 머리가 상한 누나가 잘못 본 게 틀림없어.'

물론 히라도 포구의 너른 장터에 나가면 그런 물건조차 좋아하는 일본 사람들은 아주 많았다. 칠보 아재의 말로는, 조선의 사기장이 오기 전까지 일본 사람들에게는 도자기다운 도자기가 없었기 때문이란다. "우리 조선 사기장이 오기 전까지는 말이여, 여기 왜놈덜은 그저 옹기나 굽는 수준이었단 말이지."라는 말도 했는데, 정말 그래서 그런지는 몰라도 약간 일그러진 도자기라도 조선의 사기장이 만든 것이라면 누구나 좋아했다. 하지만 아무리 그렇더라도 아버지는 에멜무지로 건성건성 그릇을 굽는 사람이 아니었다.

그때, 아버지가 다시 소리쳤다.

"어서 따르지 않고 무얼 하느냐?"

세후는 얼른 작은 소쿠리를 어깨에 메고 아버지 뒤꽁무니를 바투 따라잡았다.

그러나 얼마 못 가서 걸음을 멈추어야 했다. 아버지가 먼저 우뚝 서 버리는 바람에, 세후도 더 이상 발을 떼지 못했다. 무슨 일일까, 싶어서 길 앞쪽을 쳐다보았는데, 말발굽 소리가 먼저 들렸다. 그리고 잠시 후, 길 끝에서 뽀얗게 먼지가 일어나는 게 보였다.

오래 기다리지 않아 말 세 마리가 다가와 멈추었다. 양쪽은 처음 보는 얼굴이었지만, 가운데 무사는 아카즈키였다. 키는 6척이 훨씬 넘어 보이는 데다가, 날카롭고 매서운 눈매가 보는 사람으로 하여금 주눅이 들게 했다.

"오잇! 좃토마테(잠깐만)!"

아카즈키가 손을 들어 보이며 큰 소리로 말했다. 물론 아버지도, 세후도 꼼짝하지 않았다.

"어디 가시오?"

아카즈키는 매서운 눈매를 추켜세우며 물었다.

"히라도 포구에 가오. 오늘은 허락받고 가는 길이오!"

"흠……."

아카즈키는 미심쩍다는 표정이었다. 그럴 수도 있겠다, 싶었다. 아버지가 쇄환사를 따라 조선으로 가려고 했었으니까.

"좋소. 다녀오시오. 하지만 지난번과 같은 일은 없기를 바라오."

"알겠소."

아버지는 고개를 끄덕였다. 그리고 세후의 손을 잡아끌어 말 사이를 지나갔다.

세후는 열댓 걸음을 걷고 나서 뒤를 돌아보았다. 아카즈키가 쳐다보고 있었다. 얼결에 그와 눈을 맞추었다. 무섭기도 했고, 듬직해 보이기도 했다. 긴 칼을 차고 말을 타고 달리는 사무라이의 모습은 항상 가슴을 뛰게 했다.

오죽했으면, '사기장의 아들로 태어나지 않았으면, 난 사무라이가 되었을 거야!'라는 생각까지 했을까.

물론 사무라이가 되고 싶은 생각을 하게 된 건, 억수란 녀석과 싸운 탓이었다. 놈이 반쪼가리라고 놀리지만 않았어도 그런 꿈을 꾸지 않았을 텐데. 고라이마치의 조선 아이들은 항상 세후를 따돌렸다. 옹기종기 모여 놀다가도 세후가 지나가면 쑥덕거렸다. 처음엔 그런 아이들이 막연히 미웠지만, 나이를 한두 살 더 먹으면서 세후는 고라이마치에서 일본인 엄마와 산다는 게 무슨 뜻인지 알게 되었다.

고라이마치 사람들 누구나 일본 사람들을 싫어했다. 임진왜란 때, 왜군들이 수없이 많은 사람을 죽이고 심지어 어른 아이 할 것 없이 조선 사람들을 일본으로 붙잡아 왔다면서, 어떤 어른들은 이를 갈았다. 칠보 아재도 이따금씩 그런 말을 했다.

"세후야! 넌 모를 것이다! 왜넘덜이 쳐들어와서는, 사람들을 얼마나 많이 죽였는지 몰러. 어떤 이는 목도 자르고 코와 귀도 베어 갔는디, 그게 산더미처럼 쌓였디야! 그뿐인 줄 아냐? 일본으로 건너

오는 배 안에서도 조금만 버팅겨도 바다에 휙휙 집어 던졌당께. 어휴! 말도 마라!"

하지만 엄마는 그런 사람이 아니었다. 예쁘고 마음도 착했다. 세후가 조금이라도 아프면 밤새도록 옆에 붙어서 간병을 했고, 흙을 구하러 먼 길을 다녀오면 얼얼한 발을 손으로 주물러 주었다. 재작년 초가을에 세후가 독뱀에 물렸을 때, 입으로 그 독을 다 빨아낸 것도 엄마였다.

엄마는 아버지한테도 깍듯이 예의를 차렸다. "왜 엄마는 아버지를 '센세이'라고 불러?"라고 묻자 엄마는, "아버지는 도공*이시잖니? 남들에게 없는 기술을 가진 분이란다. 사무라이들도 그런 분들을 센세이라고 부르지! 그리고 일본에서는 많은 사람들이 도공을 존경하고 있어!"라고 대답했다.

그런 엄마를 일본 사람이라는 이유로 미워할 수가 없었다. '그까짓 친구 좀 없으면 어때? 엄마도 있고, 누나도 있잖아.' 그렇게 생각하고 말았다.

그런데 3년 전 설날 즈음에, 고라이마치 안마을의 강 영감님 댁에 심부름을 가는 길이었다. 비탈진 밭둑에서 예닐곱 살짜리 아이들이 타코 놀이**를 하고 있었다. 그런데 타코의 모양이 보통 것들과 달랐다. 그래서 다가가 물었다.

---

* '도자기를 굽는 사람'이라는 뜻으로 당시 조선에서는 사기장이라고 불렀으며, 일본에서는 도공이라 불렀다.

"이게 뭐지?"

"연 날려요. 가오리연요!"

아이 중 하나가 또랑또랑한 목소리로 말했다.

아! 그러고 보니 모양이 그런 듯도 했다. 그런데 마침 그때, 억수와 또래의 아이들 서너 명이 나타났다.

"반쪽이 왜놈이 여긴 왜 왔어? 우리 아이들에게 무슨 짓을 하려는 거야?"

우락부락하게 생긴 억수는 얼굴을 찡그리며 물었다.

"아, 아니야! 뭐 하는지 물어봤을 뿐이야! 갈게!"

세후는 싸우기 싫어서 얼른 뒤돌았다. 그런데 그때, 누군가가 세후의 등 뒤에 대고 쑤군거렸다.

"빠가야로!"

참으로 귀 거친 말이었다. 그 말에 세후는 우뚝 멈추어 서서 뒤를 돌아보았다. 아이들 둘이 키득대며 짤록거리며 걷는 흉내를 내고 있었다. 게다를 신고 다니는 일본 여자를 비웃는 거였다. 참을 수가 없었다. 세후는 다짜고짜 아이들을 향해 달려들었다.

그러나 세후는 흠씬 두들겨 맞고 말았다. 억수는 세후보다 나이도 두 살이나 더 많은 데다가 키도 한 뼘이나 더 컸다. 청년의 태가 났다. 그러니 당해 낼 재간이 없었다. 지나가는 어른이 말리지 않았

●● たこ. 우리나라의 연날리기와 같은 놀이.

으면, 뼈가 하나라도 부러졌을 거였다. 코피만 흘리고 만 게 천만다
행이었다.

하지만 그건 시작일 뿐이었다. 마을 어디에 가도 손가락질하는
아이들이 있었고, 엄마를 욕했고, '반쪽 왜놈'이라고 놀렸다. 억수
나 그 또래들에겐 꼭 한 번씩 두들겨 맞았다.

그즈음부터 어린 마음에, 사무라이가 되면 좋겠다고 생각했다.
아이들은 물론 어른들도 꼼짝 못 하는 사무라이가 되면 놈들을 혼
낼 수가 있다고 믿었던 것이다.

그래서 멋모르고 아버지에게, "나도 사무라이가 될 수 있어요?"
하고 물었다. 하지만 그 말을 꺼내자마자 아버지가 버럭 소리를 질
렀다.

"이놈이! 무슨 헛소리를 하는 게냐? 너는 조선 사람이야. 어떻게
조선 사람이 사무라이가 된단 말이냐?"

그 한마디에 세후는 꼬랑지를 내리고 말았다.

대신 세후는, 사무라이가 될 수 있는지 엄마에게 물었다. 하지만
엄마는 그럴 때마다 얼굴을 쓰다듬으며, "엄마는 세후가 아버지를
따라서 도공이 되면 좋겠는데."라는 말만 했다. 세후의 물음에는
끝까지 대답해 주지 않았다.

결국 아버지 몰래 칠보 아재를 졸라 대는 수밖에 없었다.

"검술이랑 싸움은 기본이고, 달리기도 잘해야 하고, 헤엄도 잘
쳐야 된다더라. 공부도 해야 한대. 그게 되어야 나중에 다이묘를 찾

아가 정식으로 사무라이가 될 수 있다는구면!"

그래서 집 안팎을 뛰어다녔고, 아버지 몰래 목검을 휘둘렀다. 물론 가마 뒤에 높이 자란 오동나무를 내려치거나, 장작더미를 후려치는 게 훈련이 되는 건지는 알 수 없었다. 사무라이들이 칼을 휘두르는 걸 본 적이 있다면서 칠보 아재가 이따금 자세를 흉내 내곤 했는데, 그걸 따라 하기도 했다.

"어서 오지 않고 뭘 하느냐?"

딱 그곳에서였다. 아버지가 히라도 포구를 보고 달려가다가 넘어졌던 곳. 그쯤에서 아버지가 말했다. 세후는 긴 생각에서 벗어나 걸음을 빨리했다. 얼핏 길옆을 보니, 그때 아버지가 버렸던 사금파리가 햇빛을 받아 빛났다.

가파른 해안 언덕에 뱀이 지나간 자국처럼 난 길은, 두 사람이 나란히 걷기에도 빠듯할 정도로 좁았다. 발 한 번 잘못 디디면 굴러떨어질 것 같았다.

세후가 흙을 구하기 위해 아버지를 따라다니며 본 히라도 서쪽과 북쪽은 대부분이 그랬다. 깎아지를 듯한 절벽이거나 가파른 비탈길이었다. 이따금 완만한 경사가 진 곳도 있었지만, 배를 대기조차 어려웠다. 그래서 바닷가인데도 어부가 드물었다. 게다가 여름에는 폭풍이 자주 몰아닥쳤다. 그걸 두고 칠보 아재는, "왜놈들이 조선 사람들을 여기에다 데려다 놓은 이유를 알 것 같구면! 배 타고 한나절이면 탐라까지 갈 것인디 말이여!" 했다. 도망치려 해도 도망치기 힘들다는 뜻인 것 같았다.

물론 고라이마치는 해안에서 그리 멀지 않았다. 그 덕분에 아버지는 곧잘 해안 쪽으로 나가곤 했다. 세후를 데리고 나간 적도 꽤 많았다. 그때마다 해안 절벽 끝에 서서 혼잣말하듯 그랬다.

"저쪽, 저 바다 건너편에 이 아비가 그리도 가고 싶어 하는 조선 땅이 있단다. 하루 이틀만 멈추지 않고 곧장 가면 말이다. 잊지 말거라! 네가 꼭 가야 하는 곳이니까. 이른 봄이면, 눈밭에서도 피어나는 동백꽃이 아름다운 곳이지. 웅천이란 곳이란다."

혼자 생각에 취해 세후는 고개를 끄덕였다.

"조선…… 웅천!"

세후는 바다를 바라보며 자신도 모르게 중얼거렸다. 그러면서 막 왼쪽으로 휘어진 모퉁이 길을 돌았는데, 저 멀리 히라도 포구가 보였다.

히라도 포구는 어느 때보다 복잡했다. 줄지어 늘어선 천막과 그 아래로 어물전이 열렸고, 모시와 삼베를 파는 포목점과 지전은 물론 여인네들의 노리개를 파는 가게. 연신 덴푸라(튀김)를 튀겨 대는 장사치들은 손님들을 끌어 모으느라 목소리를 높였다.

아버지는 그 산란한 천막들 너머 못 보던 배들이 가득한 포구 저편을 한참 동안 쳐다보았다. 그런 채로 깊고 낮은 숨을 여러 번 내쉬었다.

그러던 아버지가 문득 목소리를 높였다.

"저, 저런 쳐 죽일 놈들!"

무얼까? 두리번거리던 세후의 눈에, 포구로 나가는 길옆의 한 무리의 사람들이 들어왔다. 다 찢어진 누더기를 걸쳐 입은 사람들이 줄지어 끌려가고 있었다. 손과 발이 오랏줄에 묶여 걷는 모양새조차 힘들어 보였다. 드문드문 얼굴에 피칠갑을 한 사람도 보였고, 중간에는 여자와 어린아이들도 끼어 있었다. 그들 주위에서 일본 병사들이 돼지를 몰듯 소리쳤다.

"저 사람들은 누구에요? 무슨 죄를 지은 거예요?"

세후는 갸웃거리며 물었다.

"죄라니? 아무런 죄 없이 끌려온 조선 사람들에게 죄라니? 그것도 죄라 할 수 있는 것이냐? 우리는 죄가 있어서 끌려왔느냐?"

아버지의 목소리가 높고 꾸짖는 투로 들려서 세후는 아무런 대꾸도 할 수 없었다. 그러자 아버지는 꽉 움켜쥔 주먹을 부르르 떨면서 말을 이었다.

"정말 죄라면 선량한 조선 사람들 잡아다가 서양 오랑캐 놈들에게 노예로 팔고 있는 저 왜놈들이 큰 죄를 짓고 있는 것이지!"

"네? 그럼 저들이 조선 사람들이었어요?"

"아니면 누구겠느냐? 그나마 우리는 보잘것없는 손재주 하나 때문에 겨우 목숨이나 부지하고 있는 것 아니냐?"

"……!"

"그러니 그릇 굽는 일을 게을리하지 말거라! 그 재주라도 없으면, 우리도 언제 저 꼴이 날지 모를 일이니……."

힐끗 보니, 아버지는 여전히 주먹을 파르르 떨고 있었다.

아버지는 조선 사람들이 커다란 서양 배 안으로 모두 사라진 뒤에야 포구가 바로 보이는 길 한쪽에 짐을 부렸다. 보자기를 넓게 깔고, 그 위에 일그러지고 금이 간 도자기를 내려놓았다. 세후는 따라서 그 옆에 아버지가 준 청자 접시 열 개를 쪼르르 줄 세워 놓았다.

그러자마자 지나치던 사람들이 힐끗거렸다. 그중 몇몇은 다가와 그릇을 만져 보기도 했다. 그 사이에서 잿빛 기모노를 입은 여인이 불쑥 몸을 내밀었다.

"이쿠라데스카(얼마입니까)?"

아버지가 흥정하는 동안, 세후는 얼마 전 계곡에 빠졌던 여자아이를 떠올렸다. 그 맑은 눈빛이 자꾸만 아른거렸다.

"소레데와 코레와 이쿠라데스카(그러면 이것은 얼마입니까)?"

기모노 여인이 이번에는 세후가 앞에 깔아 놓은 접시 쪽으로 다가와 물었다.

"그건 지금 파는 게 아니에요!"

아버지는 손을 내저었다. 세후는 고개를 갸웃거렸다. 기껏 도자기를 팔러 나왔는데, 팔지 않겠다는 건 무슨 심보일까.

기모노 여인은 접시가 탐이 나는지 거듭 접시 쪽을 기웃거렸지만, 끝내 아버지가 내놓은 화병 두 개만 들고 가 버렸다.

알 수 없는 일이었다. 아버지는 당신이 직접 지고 온 도자기는 서슴없이 팔아 치우면서도, 찌그러지고 금이 간 청자 접시만은 팔지 않으려 했다. 이어 젊은 남자 하나가 역시 청자 접시를 만지작거렸지만, 아버지는 고개를 저었다.

'그럴 거면 아예 가지고 나오지를 말든가!'

세후는 혼자서 입맛을 다셨다.

그때였다. 혼자 이런저런 생각을 하다가 고개를 들었는데, 문득 눈에 들어오는 사람이 있었다.

"아버지! 저, 저……."

차마 입이 떨어지지 않았다. 머리칼이 노란색이었고, 코가 높았다. 눈은 크고 부리부리하며 새파랬다. 조선 사람처럼 상투를 틀지도 않았고, 사무라이처럼 쫌마개*도 없었다. 키도, 그 옆을 지나다니는 왜인들보다 두 뼘쯤은 더 컸다.

"뭘 보고 그러느냐? 아, 서양 오랑캐 말이구나."

"서, 서양 오랑캐요?"

"그래, 하지만 그리 오래 쳐다보지 말거라. 서양 오랑캐는 자기와 눈이 마주친 사람을 잡아 눈을 빼고 제 눈이랑 바꿔 넣는다더구나."

"네에?"

"쉬잇!"

● 사무라이들이 머리를 위쪽으로 세워서 묶은 모양.

아버지의 말에 세후는 깜짝 놀랐지만 소리도 채 지르지 못하고 입을 닫았다. 얼른 시선을 다른 데로 돌렸다. 다행히 서양 오랑캐는 포구 쪽에서 걸어와 상관(商館)●● 쪽으로 걸어갔다.

세후는 한참 동안 그 뒷모습을 쳐다보았다.

하지만 서양 오랑캐는 그 한 사람만이 아니었다. 마음먹고 사방을 두리번거리자, 생김새는 달라도 서양 오랑캐들이 간간이 눈에 띄었다.

그렇게 얼마쯤 시간이 지났을까?

삿갓을 깊이 눌러쓴 사내 하나가 사방을 살피며 천천히 다가왔다. 얼핏 옷차림으로 보아 조선 사람이었다. 그런데 그는 일본말을 했다.

"야키모노노 이로즈케가 우즈쿠시이(도자기 색깔이 참 아름답군요)!"

그때 세후는 보았다. 삿갓의 남자는 접시를 만지면서 여전히 사방을 두리번거렸지만, 검지손가락으로 접시 위를 휘저었다. 그래! 무슨 글씨 같은 것을 쓰고 있었다. 그것을 보더니 아버지 역시 사방을 한번 휘돌아보고는 말했다.

"하손시다 도우키데스(파손된 도자기입니다)!"

"하이!"

●● 네덜란드와 포르투갈 사람들이 무역 업무를 보던 곳.

삿갓 남자가 과장스럽게 고개를 끄덕이며 대답했다.

이어 아버지는 재빨리 열 개의 접시를 둘둘 말아 한꺼번에 삿갓 남자에게 내밀었다. 삿갓 남자는 빠른 손놀림으로 그것을 등에 지고 있던 보퉁이에 넣었다. 그러더니 벌떡 일어나 다시 포구 쪽으로 사라져 갔다.

워낙 순식간에 일어난 일이라, 세후는 어리둥절한 채 사람들 틈으로 사라지는 남자만 쳐다보고 있었다.

그때 아버지가 말했다.

"이제 집으로 돌아가자!"

"네? 아버지, 아직 도자기 팔 게 남았어요!"

"됐다! 이런 찌그러진 도자기를 팔아 무엇하느냐? 어서 가자!"

세후는 고개를 갸웃거렸다. 깨진 그릇이라도 팔아서 살림살이에 보태자고 할 때는 언제고?

아버지는 서둘러 도자기를 챙기더니 일어났다. 세후는 아버지 옆에 바짝 붙어 걸었다.

그때, 상관 쪽에서 말을 탄 일본 병사 네댓 명이 무어라고 소리치면서 포구 쪽으로 달려갔다.

사무라이가 되고 싶어요

서쪽으로 기울어진 해가 끝도 없이 펼쳐진 바다를 은빛으로 만들고 있었다. 바로 그 은빛 물결을 타고 바람이 불어왔다. 부지런히 집을 향해 걷던 세후는 문득 걸음을 멈추었다. 솔가지를 잔뜩 실은 지게도 내려놓았다. 그런 다음, 서쪽 바다를 향해 팔을 벌리고 숨을 깊게 들이마셨다.

하지만 아무리 킁킁거려도 짭짤한 소금기 외에는 특별한 게 없었다. 물론 보름 전, 아버지와 히라도 포구를 다녀올 때보다 한결 더 훈훈해진 듯도 했지만, 그게 아버지가 말하는 조선의 바다 느낌은 아닐 터였다. 그래서 세후는 아버지가 했던 말을 되새겨 보았다.

"저 해 지는 쪽으로 꼭 한나절만 가면, 탐라가 나온단다. 조선 땅이지! 아비도 들은 말이다만, 전쟁이 나기 전에는 탐라 사람들이 이쪽으로 건너와 장사도 하고 물고기도 잡아 팔았다고 하더구나. 이 바람 느껴지느냐? 저 서쪽에서 불어오는 바람 말이다. 이 바람결에 조선의 냄새가 배어 있어. 달라! 다른 쪽에서 불어오는 바람과는

아주 많이 다르단 말이다. 냄새를 맡아 보거라! 조선의 냄새 말이
다!"

세후는 아버지의 말을 되새기며 더 깊게 바람을 들이마셨지만,
아무것도 느껴지지 않았다.

쳇!

세후는 다시 지게를 짊어지고 부지런히 숲길로 들어섰다. 느릅
나무, 고로쇠나무, 소나무, 전나무가 얽히고설키며 자란 탓에 해가
쨍한 날에도 숲 속은 어둑어둑했다. 세후는 잰걸음을 놀렸다. 숲길
만 지나면 곧 고라이마치로 가는 언덕길이었고, 그 생각을 하니, 마
음이 바빠졌다.

그런데 숲길을 채 반도 지나지 않았는데, 저편에서 한 점 빛이 보
였다. 세후는 눈을 의심했다. 그래서 몇 번을 깜빡이고 다시 보았다.
아, 뜻밖에도 소녀였다. 흰색 호소나가를 입은 여자아이가 환한 햇
살처럼 다가오고 있었다.

세후는 그 자리에 우뚝 섰다. 그러고서 소녀가 다가와 바로 앞에
설 때까지 숨을 멈추었다.

"……!"

아무 말도 할 수 없었다. 눈이 부셔서 눈을 가늘게 떠야 했다.

"이거, 네 거야?"

숨을 천천히 내쉬고 있는데, 여자아이가 뒤로 숨겼던 손을 내밀
었다. 고양이였다. 엄마가 만들어 준 고양이!

아, 고양이가 왜 여자아이의 손에 있는 걸까? 아니, 여태 잃어버린 것조차 모르고 있었다니!

"네 거 맞지? 어서 받아! 이걸 주려고 몇 번이나 여기서 기다렸어. 난 저 위에 살아! 이름은 나츠카!"

여자아이는 다마쿠라가 산다는 히라도 성이 있는 쪽을 가리켰다.

나츠카(夏香)! 여름의 향기란 뜻? 세후는 입속으로 가만히 이름을 여러 번 되뇌었다. 그러기만 했을 뿐, 더 이상 무어라고 할 말을 찾지 못해서 허둥댔다.

일단 세후는 고양이를 받아 목에 걸었다. 그때쯤, 나츠카가 자기를 따라온 여인으로부터 무언가를 받아서 건넸다. 여러 번 접힌 붉은 보자기였다. 그래, 세후는 나츠카 뒤에 또 다른 사람이 있었다는 것을 그제야 깨달았다. 나츠카가 유모라고 부르던 그 여인이었다.

세후는 얼결에 받아 들어 보자기를 풀었다. 길이가 한 뼘쯤 되는 칼이었다.

"이건?"

"네가 나를 구해 주었잖아. 물론 네가 조선 사람이란 거 알아. 도공이란 것도 알고."

나츠카는 머뭇거렸다. 조심스러워하는 눈치였다. 세후는 나츠카가 왜 그러는지 금방 알아채고 말을 가로챘다.

"아니! 우리 엄마도 일본 사람이야! 토모미(朋美)!"

나츠카의 얼굴이 금세 환해졌다. 흰 이를 드러내며 밝게 웃었다. 그런데 나츠카보다 먼저 입을 연 것은 옆에 서 있던 유모였다.

"토모미? 세상에! 네 엄마가 토모미라고?"

유모는 꽤나 놀란 표정이었다.

"네, 우리 엄마를 아세요?"

"유모가 아는 사람이에요?"

세후와 나츠카가 동시에 물었다. 유모는 잠깐 주저하는 듯하더니, 고개를 끄덕였다.

"아, 알지. 토모미도 우리 마을에 살았었지. 아기씨! 토모미, 아니, 이 아이의 엄마는 저와 친구였어요."

유모는 세후에게, 그리고 나츠카에게 환한 얼굴로 말했다.

"정말이세요? 오바상*이, 우리 엄마랑 친구였다고요?"

"아마 그런 듯하구나. 그나저나 네 이름은 뭐지?"

"제 이름은 세후……."

"세후? 그럼 조선 아이가 맞는구나. 그래, 토모미에게 조선인 아이가 있다는 말을 들은 것 같아. 그게 너였구나. 세상에!"

유모는 세후 앞으로 바짝 다가왔다. 그러더니 손을 맞잡았다. 정말로 반갑다는 표정이었다.

그때, 세후와 유모를 쳐다보며 엉글거리던 나츠카가 끼어들며 숨

한쪽을 가리켰다.

"유모, 저기 누가 와!"

세후는 나츠카가 가리키는 쪽을 쳐다보았다. 처음에는 검은 그림자 여럿이 움직이고 있는 것처럼 보였다. 그러다 그 그림자가 조금 더 가까이 다가왔을 때, 세후는 가슴이 철렁 내려앉고 말았다. 다름 아닌 고라이마치의 조선인 아이들이었다. 모두 여섯 명. 세후는 자신도 모르게 어금니를 꽉 깨물었다.

"반쪽짜리 조선 놈!"

제일 앞에 억수가 있었다. 누구보다 일본 사람들에게 원한이 많은 아이가 억수였다.

지난겨울, 억수 삼촌이 죽었다. 느닷없이 일본군 병사들에 의해 히라도 성에 끌려갔다가 보름 만에 돌아왔는데, 열흘을 넘기지 못한 것이다. 칠보 아재가 전해 준 말에 의하면, 억수 삼촌은 온몸에 피멍 자국이 나 있었고 알아볼 수 없을 정도로 얼굴이 짓이겨진 채였다는 것이다. 결국 억수 삼촌은 도자기를 굽는 가마에 화장(火葬)했고, 뼛가루는 조선에서 가장 가깝다는 히라도의 북쪽 바다에 뿌려졌다.

억수 삼촌이 끌려갔던 건, 왜벌단(倭伐團) 때문이었다.

왜벌단에 대한 소문은 이전에도 돌았다. 임진년 전쟁이 끝나고 조선과 명나라에서는 비밀리에 일본에 대한 보복 전쟁을 준비하고 있다는 것이었다. 실제로 일본은 그것에 대비해 조선과 가까운 해안에 성을 쌓기도 했다. 칠보 아재도 그랬었다. "거 왜, 임진왜란 때 군인덜 대신 싸웠던 의병덜 있잖여. 그 사람들이랑 이순신 장군 부하였던 장수들이 힘을 합쳐서 왜벌단을 맹그러 갖구 왜넘들에게 보복 전쟁을 할 거라는 소문이 파다혔어. 내가 쇄환사 따라서 조선으로 돌아갔을 때 들었는데, 한산도 부근 어디선가는 판옥선도 만들고 있다는 소리까지 들리구. 그걸 임금님이 알면서도 모르는 척한다든디? 그래서 쓰시마 섬 해안에는 성도 쌓고 난리도 아니랴! 여그 히라도두 왜벌단 첩자들이 드나든다는 소문이 있댜!"

억수 삼촌이, 바로 그 왜벌단을 도왔다는 것이다.

그래서인지 아버지는 처음 세후가 억수에게 억울하게 맞고 돌아온 날도, 그리고 그 이후에도 단 한 번도 억수를 찾아가 나무라지 않았다. 오히려 "그렇게 자기를 아껴 주던 삼촌이 졸지에 세상을 떠나서 마음을 잡지 못한 것이니, 네가 이해를 하거라!" 했다. 물론 세후는 결코 아버지를 이해할 수가 없었다.

"푸하하! 이럴 줄 알았지. 결국엔 게다짝 계집애랑 그렇고 그런 거야?"

세후가 무어라고 말하기도 전에 아이들 중 하나가 비웃었다. 세후는 주먹을 꽉 쥐었다. 나츠카와 유모는 조선말을 알아듣지 못한 듯, 고개를 갸웃거렸다.

억수와 조선 아이들은 더 가까이 다가와 나츠카를 에워싸고는 위아래를 훑어보았다.

"세후, 이 아이들 왜 이래?"

"이놈들, 고라이마치 불량배로구나. 저리 가지 못해?"

나츠카는 몸을 움츠렸고, 유모가 아이들을 향해 소리쳤다. 하지만 아이들은 아랑곳하지 않았다. 어떤 아이는 긴 작대기로 나츠카의 옆구리를 쿡쿡 찌르기도 했다.

"그만두지 못해!"

세후는 소리치며 조선 아이들을 떠밀었다. 그러고는 나츠카 앞에 나섰다. 나츠카에게도 말했다.

"얼른 가! 얼른!"

"역시 반쪽짜리 조선 놈은 왜놈 편이군."

더 이상 참을 수가 없었다. 세후는 억수를 향해 몸을 날렸다. 땅바닥에 뒹굴며 되는대로 주먹질을 해댔다. 그러나 억수도 가만있지 않았다. 발과 다리를 휘둘렀다. 그러는 바람에 얼굴과 다리, 옆구리가 찌를 듯 아팠다.

동시에 나츠카의 비명 소리도 들렸다. 이어 나머지 아이들이 달려들어 등이며 허리와 배를 닥치는 대로 내리패기 시작했다. 세후는 어금니를 물었다. 가까스로 억수에게서 벗어나 옆으로 구른 다음 벌떡 일어났다.

"빨리 가!"

세후는 나츠카에게 먼저 소리쳤다. 그러자 유모가 나츠카의 손을 잡고 세후가 들어온 숲길 반대편으로 뛰었다.

세후는 부러진 나뭇가지 하나를 주워 들었다. 엄지손가락 세 배쯤 되는 굵기에, 길이는 키보다도 조금 더 컸다. 세후는 그것을 움켜쥐고 억수와 나머지 아이들을 향해 겨누었다.

잠시 후, 아이들 둘이 먼저 달려들었다. 세후는 나뭇가지를 목검이라 생각하고 그것으로 앞서 달려오는 아이의 머리를 내리쳤다. 바로 뒤의 아이는 옆구리를 찔렀다. 둘 모두 옆으로 고꾸라졌다. 그러자 세 명이 한꺼번에 달려들었다. 이번에는 가슴, 배, 허벅지를 차례로 때렸다. 아이들이 억 소리를 내며 물러섰다. 하지만 곧이어 달려든 억수가 몸을 날려 세후의 가슴팍을 걷어찼다. 세후는 뒤로 넘어졌다. 목검도 놓치고 말았다.

세후는 일어났다. 하지만 곧바로 억수가 다시 달려들었다. 다른 아이들도 우르르 몰려들었다. 막고, 때리고, 피하고, 맞고, 또 맞고, 다시 맞고, 때리고…….

그러다가 세후는 입안에 피를 한가득 물고 넘어졌다. 하지만 또 일어났다. 그러고서 소리쳤다.

"덤벼! 비겁한 새끼들!"

억수가 헉헉대며 또 달려들어 배를 걷어찼다. 세후는 배를 붙잡고 앞으로 넘어졌지만 또 일어났다.

이번에는 목검을 다시 잡았다.

딱! 딱! 따닥! 딱!

머리, 목, 어깨, 가슴과 배. 연이어 목검으로 때렸다. 몇 명은 뒤로 물러났지만 다시금 개떼처럼 덤벼들었다. 또 맞았다. 얼굴부터 발끝까지 안 때리는 곳이 없었다. 이러다가 죽을지도 모른다는 생각이 들었다.

그때였다.

"오잇! 좃토마테!"

쩌렁쩌렁한 목소리였다. 아이들의 손길과 발길질이 일시에 멈추었다. 억수의 등 너머로 누군가 보였다. 아카즈키였다. 아이들이 슬금슬금 뒤로 물러났다.

"아무리 아이들이라도 여러 사람이 한 사람을 공격하는 것은 옳지 않다!"

"……!"

아이들 대부분은 일본말을 알아듣지 못했다. 키가 작은 한 아이가 겨우 알아들었는지, 억수의 귓가에 무어라고 속삭였다. 그러자 억수가 침을 뱉었다. 핏물이 배어 나왔다.

아이들은 더욱더 뒤로 물러났다.

"너는 도공 김맹진의 아들 아니냐?"

아이들이 저만치 사라지자 아카즈키가 물었다. 세후는 고개를 끄덕였다.

"네가 나츠카 아기씨를 구했느냐?"

"네?"

"검술을 누구에게서 배웠느냐?"

"아무도 가르쳐 주지 않았어요. 그냥 혼자서 배웠어요."

"알았다. 어서 돌아가거라!"

그러더니 아카즈키가 손을 내밀었다. 세후는 마주 잡았다. 아카즈키가 힘을 주어 세후를 일으켜 세웠다.

그때, 흰 그림자가 다시 다가왔다.

"세후, 괜찮아?"

나츠카였다. 도망간 줄 알았는데, 유모와 숲에서 걸어 나왔다. 가까이 다가온 나츠카는 세후의 얼굴에 손을 뻗었다. 그러나 손이 얼굴에 닿기 전에 아카즈키가 나섰다.

"아기씨, 이제 돌아가세요. 고라이마치는 위험한 곳입니다."

그 말에 나츠카는 손을 내렸다. 그러더니 한참을 쳐다본 다음, 뒤로 서너 걸음 물러섰다. 그 모습을 보고 있던 아카즈키가 세후에게 다시 말했다.

"너도 어서 가거라!"

그러고는 돌아섰다. 그런데 그때 무슨 생각에서였을까, 세후의 입에서 자신도 생각지 못한 말이 튀어나오고 말았다.

"사무라이가…… 되고 싶어요!"

그러자 아카즈키가 고개를 돌려 잠시 세후를 쳐다보았다. 그는 굳은 표정으로 서너 걸음 다가왔다.

"왜 사무라이가 되고 싶은 것이냐?"

"저놈들을 가만두지 않겠어요. 엄마를 함부로……."

"고작 그런 이유냐? 조선인은 사무라이가 될 수 없다! 그걸 모르는 바는 아니겠지?"

아카즈키가 등을 돌린 채 차가운 목소리로 말했다. 세후는 할 말을 잃고 말았다. '고작'이라니? 절뚝거리는 흉내를 내며 엄마를 놀리고, 나에게 반쪽이라고 하는데?

"하지만 저는, 일본인이기도 해요. 엄마가 일본 사람이니까요."

그때 아카즈키의 눈썹이 꿈틀거렸다. 하지만 이번에도 그는 냉정한 목소리로 말했다.

"어서 돌아가거라. 사무라이는 네가 꿀 수 있는 꿈이 아니다."

이유는 알 수 없었지만, 아카즈키는 아주 잠깐 머뭇거렸다. 눈치채지 못할 만큼. 세후는 그보다 뒷말에 주먹이 불끈 쥐어졌다. 왜요? 그렇게 묻고 싶었지만 용기가 나지 않았다. 주먹을 쥔 채 아카즈키를 노려보기만 했다. 아카즈키는 그런 세후를 한동안 마주 보다가, 방금 전보다는 부드러워진 목소리로 말했다.

"도공이 되어라! 그게 너희 조선인이 이 땅에서 살아남을 수 있는 유일한 길이다!"

순간, 머리가 띵했다. 하필이면 그 순간, 아버지의 말이 떠올라서였다. 하찮은 손재주 때문에 살아 있다는 그 말. 그래서 순간적으로 다시 한 번 "왜요?"라고 묻고 싶었다.

아카즈키는 등을 돌려 걸어갔다.

잠시 후, 말발굽 소리가 들렸고, 그 소리도 곧 잠잠해졌다.

세후는 숲길에 홀로 남았다. 어디선가 들리던 새소리마저 잠잠해지자 사방이 고요해졌다. 세후는 길바닥에 주저앉았다.

'도공이 되라고? 그게 살아남는 유일한 길이라고?'

그때, 뜻밖에도 보름 전 히라도 항구에서 보았던 조선 사람들이 생각났다. 서양 오랑캐의 노예로 팔려 간다던 사람들. 그들의 참혹한 얼굴들이 하나씩 떠올랐다. 누구는 피투성이였고, 어떤 사람은 해골처럼 바짝 말랐으며, 대부분 공포에 질린 얼굴들이었다. 그 얼굴들이 스쳐 가자 온몸이 부르르 떨렸다.

이번엔 아버지 얼굴을 떠올리며 마음속으로 물었다.

'그릇 굽는 일을 게을리하지 말라고요? 그래서 훌륭한 사기장이 되면, 저 아이들은 괴롭히지 않을까요? 내가 아무리 잘난 사기장이 된다고 해도, 우리 엄마는 일본 사람인데요?'

물론 아버지도 대답할 리 없었다.

세후는 일어났다. 지게를 찾아 짊어지고 부지런히 걸었다. 나중에는 뛰었다. 곧 고라이마치가 보였고, 그즈음부터 숨이 찼지만, 집 대문이 보일 때까지 쉬지 않고 달렸다.

세후는 자신의 속생각을 읽어 낼 수가 없었다. 왜 그러는지 이해할 수 없었다. 무얼 만들겠다는 생각도 없이, 세후는 각령으로 들어가 물레를 돌리기 시작했다.

그러고 있으면 마음은 편했다. 어릴 때부터 그랬다. 아버지 말에 따르면, 세후는 기어다닐 때부터 흙을 가지고 놀았다. 고작 여섯 살 때 처음 물레를 돌렸다. 아버지는 종종 어린 세후에게, "네놈은 천생 사기장이다!"라고 했다. 오래된 이야기지만 아직도 귓가에 생생했다. 이웃의 다른 사기장 어른들도, 촌장님도, "세후가 빚은 그릇이 웬만한 사기장이 빚은 그릇보다 낫구먼!" 하고 여러 번 말하곤 했다.

물레를 돌리고 있으면 시간이 갔고, 흘러가는 그 시간을 따라 나쁜 일, 아픈 일도 금방 지나갔다.

세후는 한참 동안 물레를 돌렸다. 호로병을 스무 개나 빚었고, 일자 화병도 다섯 개, 배가 불룩 나온 단지도 열두 개나 빚었다. 나츠카가 생각나서, 그러다가 아카즈키의 말이 떠올라서 더 빨리 물레를 돌렸다. 하지만 그러고 나서 보니 그것들 크기가 들쭉날쭉했고, 심지어 어떤 것은 찌그러져 있었다. 아버지가 보았다면 경을 칠 노릇이었다.

세후는 그렇게 또 그릇 몇 개를 빚은 다음 물레를 멈추었다. 그러고서 길게 한숨을 내쉬며, 건조대 앞에서 청자 화병에 그림을 그리고 있는 누나를 쳐다보았다. 땀방울이 귀밑머리로 흘러내렸다. 그런 걸 보고 있으면 누나는 멀쩡한 사람 같았다. 붓을 놀리는 손길도 섬세했고, 그렇게 그린 그림도 아버지의 솜씨에 뒤지지 않았다. 누나가 도자기에 꽃을 그리면 향기가 나는 듯했고, 나비를 그리면 팔랑팔랑 날아갈 것만 같았다.

"누나는 그림을 누구한테 배웠어?"

문득 궁금해져 누나에게 다가가 물었다. 누나는 굵은 나뭇가지에 복사꽃 하나를 그려 넣는 중이었다.

"엄마!"

누나는 돌아보지도 않고 스스럼없이 대답했다. 세후는 피식 웃었다. 괜한 걸 물었다, 싶었다. 그럼 그렇지! 한 번도 제대로 그림 그리는 걸 본 적이 없는데, 엄마한테 배웠다니? 엄마가 할 줄 아는 것이라고는 꼬막 밀기뿐인데?

세후는 고개를 저으며 생각을 털어 냈다. 그러고서 다시 누나를 쳐다보았다.

누나는, 이번에는 접시에 그림을 그려 넣고 있었다. 순간 스치는 생각이 있었다. 세후는 가까이 다가갔다.

누나는 바닷가를 그리고 있었다. 한쪽은 깎아지른 듯한 절벽이었다. 아, 그건 틀림없이 시오다라와 절벽*이었다. 그리고 이미 그려 놓은 접시의 그림은, 그 절벽 옆쪽으로 이어지는 낮은 해안 비탈이었다. 아니, 그보다 세후의 눈에 띈 것은 접시의 모양이었다. 완전한 동그라미가 아니었다. 초벌구이를 한 접시들이 안으로 굽어 있었다. 그건 불을 잘못 때서 생긴 모양이 아니었다.

이상한 생각이 들어서 세후는 누나에게 물었다.

---

*   히라도 북서쪽에 있는 절벽.

"누나, 이거 좀 찌그러졌는데 깨뜨려야지 왜 여기에 그림을 그리고 있어?"

"아버지가 그리랬어!"

세후의 질문에 누나는 해맑게 대답했다. 그러고는 돌아보더니 깜짝 놀란 표정을 지었다.

"세후, 아파? 피났어!"

"아, 아니야! 괜찮아! 나뭇가지에 긁혔어. 그런데 누나, 정말 아버지가 이 찌그러진 접시에 그냥 그림을 그리라고 했어?"

세후는 재촉하듯 다시 물었다. 누나는 고개를 끄덕였다.

"그럼, 구울 때도 일부러 센 불에 구웠어?"

"응!"

누나는 고개를 끄덕였다.

"나무는 뭘 땠어?"

이번에는 장작더미가 쌓여 있는 쪽을 가리켰다. 그런데 소나무가 아닌 잡목을 쌓아 놓은 곳이었다.

아무리 생각해도 이상했다.

걸음마 할 때부터 꼬막을 만지며 놀았고, 혼자 걸어다닐 무렵부터 물레를 돌렸다. 그뿐만 아니라 산으로 흙과 소나무를 베러 다녔다. 간단한 유약도 만들 줄 알았다. 덕분에 어떤 흙으로 무슨 도자기를 빚을 수 있는지도 알고 있었으며, 도자기의 종류에 따라 어떤 나무로 어느 정도의 온도로 구워야 하는지도 훤히 알고 있었다.

그런데 아버지가 청자를 센 불에 구웠다니! 더구나 소나무도 아니고, 옹기나 굽는 잡목으로 청자를 구웠다고?

아무리 생각해도 이해할 수 없는 일이었다.

"그럼, 이 그림은 뭐야? 이것도 아버지가 시켰다고?"

"응! 아버지랑 여기 갔었어."

세후의 질문에 누나는 고개를 끄덕였다. 한편으로는 이해가 될 법도 했다. 누나는 비록 머리가 상했다고는 하지만 기억력은 좋았으니까.

"이거 다 그리면 엄마가 좋아하는 복사꽃 그릴 거야!"

"또? 그리고 엄마는 복숭아 담마진 때문에 복사꽃 안 좋아한다니까!"

세후는 목소리를 높였지만, 누나는 그냥 씩 웃기만 했다. 그런 모습을 보고 되돌아와 물레 앞에 다시 앉았다. 두 겹 가마니로 벽을 만들었던 각령의 한쪽 벽을 걷어 낸 덕에 하늘이 시원하게 내다보였다. 그 하늘을 맥없이 바라보았다.

한참의 시간이 흐른 뒤 다리에 힘을 주었다. 물레가 돌기 시작했다. 하지만 도자기를 빚을 생각은 없었다. 머릿속에 이런저런 생각만 가득할 뿐이었다. 히라도 포구에서 본 조선 사람들, 억수와 고라이마치 아이들 그리고 아카즈키까지.

그즈음, 바깥에서 사람의 기척이 느껴졌다.

"아무도 없소? 김 선생!"

세후는 일어나 각령 바깥으로 나갔다. 대문 앞에 조 영감님 모습이 나타났다. 순간 세후는 움찔했다. 억수와 싸운 일 때문에 조 영감님이 찾아왔다는 생각에서였다. 하지만 무심한 척했다. 잘못을 한 건 억수가 아닌가? 엄마를 놀리고 나츠카를 희롱했으니까.

그러나 그건 세후의 억측이었다. 뜻밖에도 조 영감님 뒤에, 도자기를 가지러 온 다마쿠라의 심부름꾼이 나타났던 것이다. 게다가 그 옆에는 서양 오랑캐가 서 있지 않은가? 히라도 포구에서 보았던 서양 오랑캐와 비슷한. 머릿결은 까만색이었지만, 높은 코와 푸른 눈, 큰 키 그리고 덥수룩한 수염. 착 달라붙는 바지저고리를 입은, 틀림없이 서양 오랑캐였다.

세후는 깜짝 놀라 뒤로 한 걸음 물러났다. 누나는 세후 뒤에 몸을 숨겼다. 엄마도 놀란 듯 아무 말도 하지 못하고 멍하니 서 있기만 했다.

"어르신, 무슨 일이십니까?"

아버지가 가마 쪽에서 걸어 나왔다. 그러다가 서양 오랑캐를 보더니, 역시 우뚝 멈추어 섰다.

"이 양인(洋人)●이 자네를 보겠다고 온 것이네."

"네? 이 서양 오랑캐가 저를요?"

아버지가 놀라며 되물었다. 그러자 서양 오랑캐가 무어라고 지껄

● 서양 사람을 지칭함.

였다. 그걸 듣더니 다마쿠라 사람이 나섰다.

"이것 좀 보세요. 이걸 센세이가 만들었냐고 묻고 있소."

다마쿠라 사람이 사금파리 한 조각을 내밀었다. 사금파리는 서양 오랑캐의 손에도 들려 있었다. 아버지는 그것을 받아 들었다. 틀림없이 아버지가 만든 것이었다. 쇄환사를 따라가겠다고 히라도 포구에 가던 날, 넘어지면서 깨뜨린 투각 청자와 백자 사금파리였다.

"이 고라이마치에서 그런 자기를 빚었던 사람은 자네밖에 없을 것 같은데⋯⋯. 조선에 있을 때, 투각을 했던 사기장이 흔치 않았잖은가?"

조 영감님이 나섰다. 그 말에 아버지가 고개를 끄덕였다.

"맞습니다. 내가 만든 것이에요. 조선에 있을 때⋯⋯."

"이 양인이 그 자기를 만들어 달랍니다."

옆에 있던 다마쿠라 사람이 끼어들었다.

"무슨 말씀이십니까?"

"이 사람은 오란다(네덜란드) 사람이오. 동인도 회사라는 데서 일하는 사람인데, 히라도 포구에 있는 상관에 자주 드나들지요. 그런데 우리 히라도의 도자기를 사고 싶다며 가마를 보고 싶다잖소. 그래서 이리로 데려오는 중에, 길가에 버려진 사금파리를 본 거요. 그걸 보더니, 이런 도자기가 좋겠다고 했소. 그래서 촌장께 찾아가 물었더니, 센세이가 이걸 만들었을 거라고⋯⋯."

"하지만 안 됩니다."

다마쿠라 사람의 말에 아버지는 잘라 말했다.

"왜요?"

"청자토야 좀 구할 수 있다고 쳐도, 백자는…… 그걸 만들 만한 흙이 없어요."

"하지만 지금도 센세이는 청자든 백자든 만들고 있잖소?"

"물론이에요. 하지만 이 부근에 있는 흙으로는 그만한 자기가 나올 수 없어요. 백자토는 더더욱 없어요. 여기서 만든 그릇과 그 사금파리를 비교해 보십시오. 색깔도 다르고 질도 다르게 보이지 않습니까? 이리 들어와서 보세요."

"흠……."

다마쿠라 사람은 아버지의 말을 그대로 서양 오랑캐에게 전달했다. 그러자 서양 오랑캐는 선뜻 집 안으로 들어섰다. 그러고는 각령 안으로 들어가 건조대 한쪽 옆에 놓여 있는 청자와 백자기를 유심히 살폈다. 사금파리 조각과 비교까지 해 가면서. 그러더니 한참 만에 고개를 끄덕였다.

그때쯤 다시 다마쿠라 사람이 나섰다.

"센세이, 정말 만들 수 없는 거요? 이것만 만들 수 있다면, 우리가 오란다 사람들에게 도자기를 팔 수 있을지도 모르오. 그러면 우리 히라도 섬 전체가 잘살게 될 것이오. 다마쿠라 장군은 물론 다이묘도 기뻐하실 일이오!"

"말하지 않았습니까? 그 많은 흙을 구할 수가 없습니다. 여기에 찔끔, 저기에 찔끔 있는 흙으로는 힘듭니다. 그뿐 아니라 일손도 많이 필요하고요!"

그러자 옆에서 눈치를 보며 머뭇거리던 칠보 아재가 불쑥 앞으로 나섰다.

"형님, 한다고 하세요! 흙이야 어떻게든 구하면 되지 않습니까? 그리고 일손은…… 제가 도울게요. 저에게 가르쳐 주시면 되잖아요!"

"자네가 뭘 안다고!"

아버지가 꾸짖듯 칠보 아재에게 말했다. 그러자 칠보 아재는 아버지를 한쪽으로 끌어당기더니 낮은 목소리로 속삭였다.

"혹시 알아요? 이 일이 잘 성사되면, 형님을 조선에 보내 준다고 할지?"

그때, 아버지의 눈이 반짝거렸다.

아름다운 손님

세후는 나츠카를 보고 어쩔 줄을 몰라 멍하니 서 있었다. 엄마도 놀란 듯, 들고 있던 옹기그릇을 떨어뜨렸고, 이어 제자리에 선 채 파르르 떨었다. 그런 엄마를 보고 나츠카 뒤에 서 있던 유모가 앞으로 나섰다.

"토모미!"

"이, 이치카(一花)!"

유모가 한 걸음 다가서자, 비로소 엄마는 유모의 이름을 부르며 손을 마주 잡았다. 그러고는 한참을 서로 마주 보았다. 똑같이 눈물을 흘렸고, 누가 먼저랄 것 없이 서로 얼굴을 더듬으며 서로의 눈물을 닦아 주었다.

"네 아들을 만났어. 얼마 전에, 우리 아기씨가 네 아들을 만나고 싶다고 해서……. 참! 이야기 들었지? 네 아들이 우리 아기씨를 살렸어."

"으응?"

"아무튼 주인께서 알면 큰일 날 일이지만, 아기씨가 어찌나 졸라 대던지, 나도 토모미가 보고 싶어서 이렇게 왔어."

"그, 그래! 이치카, 잘 왔어. 고마워. 다행히 센세이께서도 지금 집에 안 계시니 괜찮아. 이, 이쪽으로. 참! 세후야, 아기씨랑 잠시만 놀고 있을래? 가마도 구경시켜 드리고, 물레랑 도자기랑 보여 드리고……."

엄마는 혼이 나간 사람처럼 횡설수설했다. 그런 모습은 처음이었다. 세후는 고개를 끄덕였다.

엄마는 곧 유모의 손을 이끌고 초막 뒤쪽으로 갔다. 세후 앞에는 지난번처럼 검정색 호소나가를 입은 나츠카가 생글거리며 서 있었다.

세후는 무엇을 해야 좋을지 몰라 가만히 서 있기만 했다. 나츠카는 호기심에 가득한 눈으로 마치 집알이라도 하러 온 사람처럼 이리저리 둘러보는데, 세후는 발끝으로 땅만 파 댔다.

'이제 괜찮아? 지난번에 많이 놀랐지?'

그런 말을 생각하긴 했지만, 입 밖으로 나오지는 않았다. 세후는 힐끔거리며 나츠카의 눈치만 살폈다.

"저거, 구경해도 돼?"

한참 동안 이러지도 저러지도 못하고 서 있는데, 나츠카가 각령 안을 가리키며 물었다. 건조대 위에 꺼내 놓은 도자기들이 궁금한 모양이었다.

"어? 어……!"

세후는 얼결에 고개를 끄덕였다.

나츠카는 씩 웃으며 먼저 건조대로 걸어갔다. 그러더니 막 초벌 구이 한 도자기와 유약을 발라 놓은 것, 며칠 전 가마에서 꺼낸 도자기들을 차례로 훑어보았다.

"네가 만든 거니?"

나츠카는 동백꽃 백자 화병 앞에서 멈추었다.

"웅! 그림은 누나가 그려 줬어."

보름 전, 서양 오랑캐가 다녀간 뒤로 아버지는 이곳저곳에서 다양한 흙을 구해 왔다. 그리고 어떤 흙은 당신이 직접, 그리고 어떤 흙은 세후에게 시켜 시험 삼아 그릇을 빚어 보라고 했다. 그때 세후가 만든 거였다. 닷새 전쯤 가마에서 꺼냈을 것이다. 하지만 무엇을 잘못했는지 몰라도, 항아리의 한쪽 허리가 갈라져 있었다. 깨 버릴까, 하다가 엄마가 좋아하는 동백꽃이 그려져 있어서 그대로 둔 것이었다.

"예뻐. 우리 집에는 이런 게 없어. 사무라이들은 동백꽃을 싫어한대. 알고 있니?"

"난 그냥, 엄마가 좋아하는 꽃이라 그려 달라고 했을 뿐이야."

"아! 그래? 너희 엄마의 아버지도 원래 사무라이였다던데……?"

의외라는 듯 나츠카가 고개를 갸웃거렸다. 그러나 더 놀란 건 세후였다.

"뭐? 우리 외할아버지가 사무라이였다고?"

세후는 나츠카의 뜬금없는 말에 깜짝 놀라 물었다. 곧바로 가슴이 뛰었다.

"저, 저건 뭐야?"

세후가 무어라고 말을 꺼내려는데 나츠카가 반죽대* 위에 올려 놓은 흙을 가리키며 물었다. 막 꼬막 밀기를 하다 만 흙이었다. 나츠카는 대답도 듣지 않고 그쪽으로 걸어갔다.

"이걸로 도자기를 만드는 거야?"

세후는 대답 대신 고개를 끄덕였다.

"나도 좀 해 보면 안 돼? 어떻게 하는 거야? 가르쳐 줘!"

나츠카는 씩 웃으며 말했다. 하지만 세후는 고개를 저었다.

"안 돼! 손에 흙이 묻을 텐데? 옷이 더러워질 거야!"

"괜찮아! 가르쳐 줘! 이걸 어떻게 해서 도자기로 만드는지, 나도 하고 싶어!"

그러더니 나츠카는 팔을 걷어 올리고 흙 반죽을 마구 주무르기 시작했다. 그러면서 혼자 새실거리고, 이따금 세후를 쳐다보며 싱긋거리기도 했다. 그 모습이 어쩌나 귀여운지, 세후는 방금 전 나츠카가 했던 말조차 깜박 잊고 나츠카만 넋을 놓고 쳐다보았다.

세후는 안 되겠다, 싶어서 나츠카가 볼칵거리던 흙덩이를 제 앞

---

* 흙을 반죽하기 위해 만든 책상.

으로 놓고 말했다.

"반죽은 이렇게 하면 돼. 힘을 주어서! 꼼꼼하게 해야 흙 속에 있
던 공기가 모두 빠지고 찰기가 좋아져! 그래야 좋은 그릇을 만들 수
있는 거고!"

나츠카는 세후의 손놀림을 유심히 지켜보더니 똑같이 따라 했
다. 여리고 흰 손가락이었지만 나름대로는 무던히도 애를 썼다. 하
지만 손에 힘이 없어서 그런지 자꾸만 반죽 가장자리만 주물러 댔
다. 하는 수 없이 세후가 끼어들었다.

"아니, 그렇게 말고, 안에서 바깥으로 밀어내듯 하면서⋯⋯."

"이렇게?"

나츠카는 알겠다는 듯 얼른 세후가 주무르고 있는 반죽을 덥석
붙잡았다. 그러는 바람에 세후의 손을 덮치듯 붙잡은 꼴이 되고 말
았다. 세후는 이러지도 저러지도 못한 채 꼼짝없이 손을 나츠카에
게 내맡기고 말았다. 순식간에 얼굴이 붉어졌고, 가슴이 쿵쾅거렸
다. 그걸 아는지 모르는지 나츠카는 연신 흙 반죽과 세후의 손을
함께 주물렀다.

안 되겠다 싶어서 세후는 슬그머니 손을 빼냈다. 그러자 나츠카
가 배시시 웃었다.

잠시 숨을 돌리고 나서 세후가 물었다.

"그런데 우리 외할아버지가 사무라이였다고? 그게 정말이야?"

"응, 유모가 그랬어. 어떻게 너희 엄마를 아느냐고 물어봤거든. 그

때 이야기해 주던데?"

나츠카는 쳐다보지도 않고 말했다. 신경을 온통 흙 반죽에만 쏟고 있었다. 늦봄의 날씨치고는 꽤나 후텁지근해서 더 그럴 테지만, 금세 이마에 땀이 송골송골 맺히는 게 보였다.

나츠카는 세후가 시키는 대로 흙 반죽을 하더니 엿가락처럼 길게 늘였다. 그러고는 그것을 돌돌 말아서 쌓기 시작했다.

"무슨 이야기?"

"음, 뭐랬더라? 너희 할아버지가 모시고 있던 장군이 오래전에 토요토미 히데요시 장군과 싸우다가 패하셨대. 부하가 배신해서 그랬다고 들었어."

"그런데?"

"그때, 너희 엄마 가족들이 전부…… 아! 미안!"

흙만 주무르며 무심코 말하던 나츠카가 문득 고개를 들었는데 얼굴이 붉었다.

"아니야! 괜찮아! 나도 처음 듣는 이야기라서. 엄마는 외할아버지 이야기 잘 안 하시거든."

아니, 한 번도 한 적이 없다. 엄마가 일본 사람이라는 것 외에, 외갓집이 어딘지조차 말하지 않았다.

"그랬구나. 원래 싸움에서 패한 사무라이는 스스로 목숨을 끊는대."

"우리 외할아버지도?"

"아니, 너희 할아버지는 싸움 중에 세상을 떠나셨다고 들었어. 물론 패했기 때문에 그 집안의 모든 재산은 몰수되는 거지. 가족들은 노예가 되고……."

"뭐라고?"

"그런데 너희 엄마를 우리 할아버지가 데려오셨다고 했어. 두 분이 원래는 친구셨대."

"우리 외할아버지랑 너희 할아버지랑?"

"응! 할아버지들끼리 그랬대. '우리가 서로 가는 길이 달라서 목에 칼을 겨누는 사이가 되어도 가족은 보살펴 주자.'라고. 멋지지? 음, 유모가 들려준 이야기는 그게 전부야! 어쨌든 그래서 우리 유모랑 너희 엄마랑 같이 자랐다고."

머릿속에 찬 바람이 드는 기분이었다.

'외할아버지가 사무라이였다고? 그래서 엄마는 내가 사무라이가 된다니까 그냥 사기장이 되라고 하신 거였나?'

세후는 고개를 갸웃거렸다.

"에이! 이것 봐! 삐뚤빼뚤하잖아. 어떻게 하지? 네가 만든 건 아주 반듯한데……."

나츠카는 뾰로통해서 자기가 만든 그릇을 옆으로 밀쳤다. 그러고 보니 나츠카가 말아 쌓기를 한 그릇은 누가 일부러 쭈그려 놓은 모양이었다. 웃음이 나왔다.

"처음 할 때는 누구나 그래. 그리고 내가 만든 저 도자기는 손으로 말아 올린 게 아니고, 물레에 놓고 돌린 거야!"

"물레? 그게 뭔데? 그것도 가르쳐 줘!"

나츠카는, 물론 세 번째 보는 거였지만, 생각보다 붙임성이 좋았다. 세후는 웃으며 조르는 나츠카를 외면할 수가 없었다.

세후는 꼬막 밀기가 끝난 흙덩이 하나를 물레 위에 얹어 놓고 그 앞에 앉았다. 그런 다음 발끝에 힘을 주었다. 곧 물레가 돌기 시작했다. 나츠카의 시선 때문에 어깨가 뻣뻣했지만, 세후는 곧 능숙하게 손을 놀렸다. 흙은 금세 밥주발 모양이 되었다.

"세상에! 이것 좀 봐! 흙이 금방 그릇 모양이 되었어. 나도! 나도 해 볼게!"

세후는 씩 웃으며 고개를 끄덕였다.

물레는 세후가 돌렸고, 나츠카는 돌고 있는 밥주발 모양의 흙에 손가락 하나를 가져갔다. 손가락이 닿자 금세 모양이 바뀌었다.

"이렇게!"

세후는 나츠카의 양손을 잡아 감싸 쥐듯 한 다음 흙에 갖다 댔다. 그러자 밥주발 모양이었던 흙이 금방 호로병 모양이 되었다.

"우와! 우와아아!"

나츠카는 연신 소리를 질렀다. 신기하고 재밌다는 듯 하얀 이를 드러내며 웃었다. 그래서 더 예뻤다.

"됐어!"

어느새 작은 호로병이 만들어졌다. 세후는 물레를 멈추고 호로병을 건조대 위에 올려놓았다.

"정말 신기해. 이거 구워 줄 거야?"

"응, 그림도 그려 줄게."

나츠카가 환하게 웃는 모습에 넋이 나갔던 모양이다. 세후는 얼결에 그런 약속까지 해 버리고 말았다.

"정말이야? 우와! 지금 구울 거야?"

"아니, 가마에 불을 때는 날이 따로 있어. 오늘은 안 돼."

세후는 씩 웃으며 말했다. 그때 또 사방을 휘돌아보던 나츠카가 세후의 등 뒤쪽을 가리키며 물었다.

"저, 저 동굴은 뭐야?"

"동굴? 푸하하! 저건 가마라고 하는 거야. 불을 때서 도자기를 굽는 곳이야!"

"그럼 내 호로병도 저기서 굽는 거야? 가 볼래!"

거긴 안 돼, 하기도 전에 나츠카는 쪼르르 달려가더니 입구에서 안을 기웃거렸다.

"와아! 이 안에 불을 때서 도자기를 굽는 거야?"

"응."

"이 안은 도대체 어떻게 생겼기에……."

쭈그려 앉은 채 가마 안을 들여다보던 나츠카는 그예 가마 안으로 목을 들이밀었다. 그러다가 마침내 한 발 그 안으로 들어서기까지 했다.

"나츠카, 이제 이리 나와!"

"어어? 저 안에 도자기가 있어!"

세후가 낮은 소리로 말했지만 나츠카는 오히려 한 걸음 더 들어 갔다. 안에는 아직 꺼내지 않은 도자기가 여러 점 있었다. 닷새 전 불 때기를 마치고 사흘을 식힌 다음, 어제 대부분의 도자기를 꺼냈지만, 급히 확인할 필요가 없는 도자기가 열댓 점 남아 있었던 것이다. 나츠카는 그것을 보겠다고 아예 몸을 반쯤 밀어 넣었다.

"나츠카!"

세후가 재촉했지만 나츠카는 쭈그린 채 가마 안을 휘돌아보며 신기해했다.

바로 그때였다.

"세후야! 어디에 있느냐? 세후야!"

아버지의 목소리였다. 가슴이 철렁 내려앉았다. 세후는 얼른 쭈 그리고 앉아 두세 발자국 가마 안으로 들어간 나츠카의 손목을 잡 았다. 그러고서 끌어당겼다.

"나츠카! 얼른 나와! 어서!"

"어어? 아야야!"

마음이 앞섰나 보다. 이끌려 나오긴 했지만, 가마의 좁은 입구를 빠져나오느라 몸의 균형을 잃더니 나츠카는 한쪽으로 쓰러졌다. 그러면서 세후와 뒹그러지고 말았다.

하필이면 그때 아버지가 들이닥쳤다.

"네, 이놈!"

어느 때보다 소리가 높았다.

"아, 아버지!"

"지금 여기가 어디라고 이런 몹쓸 짓을 하고 있는 게냐?"

"그, 그게 아니고요……."

세후는 얼른 일어났다. 나츠카도 일어나 뒤로 물러섰다. 아버지는 둘을 번갈아 쳐다보며 언성을 높였다.

"아이들과 싸움질한 것으로는 모자라더냐? 자기를 빚으며 마음을 다스리라 일렀거늘 이 무슨 해괴한 짓을 하고 있단 말이냐?"

아버지는 세후가 변명할 틈도 없이 퍼부어 댔다.

나츠카는 어쩔 줄을 몰라 했다. 조선말은 못 알아들을 게 뻔했지만, 목소리가 워낙 커서 겁을 잔뜩 집어먹은 표정이었다. 발그레했던 얼굴이 창백해져 있었다.

엄마가 달려 나온 것은 그즈음이었다. 그 옆에 유모가 놀란 표정으로 서 있었다. 나츠카는 얼른 유모에게 달려갔다.

"센세이, 저 아기씨는……."

엄마가 무언가 변명하려고 입을 열었다. 그러나 아버지는 엄마가 몇 마디 꺼내기도 전에 또 세후를 향해 버럭 소리를 질렀다.

"네놈이 대답하거라! 도대체 저 왜년은 누구냐? 어디서 끌어들인 게야? 곧 청자를 구울 텐데, 가마신을 노하게 할 셈이냐?"

"아버지!"

왜년이라는 말에 세후는 자신도 모르게 소리를 높였다. 물론 아버지가 화내는 이유를 모르지는 않았다. 사기장들은 가마에 신이 있다고 믿었고, 그래서 도자기를 굽기 전에는 반드시 예를 올리곤 했다. 여자들은 가까이 오지도 못하게 했다. 그런데 그 안을 기웃거렸으니, 아버지로서도 화를 낼 만하다. 하지만 아무리 그렇다고 하더라도 '왜년'이라니!

"어허! 이놈이……."

"도대체 제가 무얼 잘못했다고 이러세요? 나츠카는 친구라고요."

"친구라니? 고라이마치의 조선 아이들과는 싸움질이나 하면서 왜년과는 친구라?"

"센세이, 그렇게 화내지 마십니다. 제 동무가 데려왔습니다. 다마쿠라 장군의 손녀입니다."

엄마가 급했던지 조선말을 썼다.

"뭐, 뭐요?"

순간 아버지의 낯빛이 희어졌다.

"아, 알았소. 어쨌든 당신은 물러서시오. 오늘 이놈의 버릇을 고쳐 놓아야겠소. 그리고 이게 무어냐? 내가 이따위로 물레질을 하라고 했느냐?"

순간적으로 아버지는 움찔했지만, 세후를 향한 호통은 멈추지 않았다. 어느새 아버지 손에는, 나츠카와 함께 만든 호로병이 들려 있었다.

"그건······."

하지만 무어라 말할 사이도 없이 아버지는 호로병을 땅바닥에 내던졌다. 퍽, 소리를 내며 호로병은 뭉그러졌다.

"이리 와서 종아리 걷어라! 당신은 회초리 좀 가져오시오."

아버지가 뭉개진 호로병을 내려다보고 있던 세후에게 외쳤다.

"싫어요!"

왜 그랬을까? 세후는 자신도 모르게 소리를 질렀다. 그러고는 아버지의 얼굴을 똑바로 쳐다보았다. 그 순간, 아버지의 표정이 더 심하게 일그러졌다.

이어 아버지의 손이 허공을 갈랐다. 손은 바람 소리를 내며 세후의 뺨으로 날아들었다.

쩌억!

순간 뺨에 불이 붙고, 턱이 돌아갔다. 몸이 휘청거려 세후는 중심을 잡지 못하고 땅바닥에 넘어졌다.

"세, 세후야!"

엄마가 달려왔다.

"당신은 비키시오. 내 이놈의 버릇을 단단히 고쳐 놓을 것이오!"

"아니 되는 겁니다! 대신 저를 때리십시오!"

엄마가 세후를 감싸 안았다.

"비키지 못하겠소? 오늘은 이놈의 정신머리를 뜯어고쳐야겠소.

홀륭한 사기장이 되라고 가르쳤더니 돼먹지 않은 짓이나 하고 있질 않소!"

"싫어요. 저는 사무라이가 될 거예요!"

세후는 오기로 소리쳤다. 그러나 그건 아버지의 화를 더 키울 뿐이었다.

"다시 말해 보거라! 지금 무어라고 했느냐?"

아버지가 다시 한 손을 치켜들었다. 당장이라도 뺨을 내려칠 기세였다. 그럼에도 세후는 멈추지 않고 다시 소리쳤다.

"사무라이가 될 거라고 했어요. 외할아버지가 사무라이였다면서요? 그런데 제가 못 될 게 뭐 있어요?"

순간 엄마의 얼굴이 사색이 되었다. 아버지를 쳐다보며 엄마는 어쩔 줄 몰라 제자리에서 발만 동동 굴렀다.

그예 아버지가 엄마를 향해 소리쳤다.

"당신, 도대체 이 아이한테 무슨 말을 한 것이오?"

"센세이, 저는 아무 말도 하지 않았습니다."

엄마는 두 손을 모으고 고개를 내저었다.

"아이고! 또 우째 이런다요. 형님, 제발 좀 성질 좀 죽이시란 말이오!"

칠보 아재가 달려와 아버지의 손을 붙잡았다.

"자네는 나서지 말게! 이놈의 버릇을 고쳐야 하네."

"말로 하심 되잖소. 이 어린애를 어딜 때릴 데가 있다고 이런다요, 네?"

"이놈이 되라는 사기장은 안 되고, 사무라이가 된다고 하질 않나? 그리고 열다섯 살이 어찌 어린 나이란 말인가? 난 열여덟에 장가를 갔단 말일세!"

"아직 애잖소. 그릇은 형님이랑 나랑 빚고 세후는 나중에 가르쳐도 되잖소. 나부터 가르치면서 살살 하자는 말이오. 형님!"

칠보 아재는 아버지를 끌어당기며 말했다. 딴에는 아버지의 화를 누그러뜨리려 농처럼 이야기한 것일 터였다. 그런데 아버지는 정색을 했다.

"무슨 말인가? 자네가 무슨 기술을 배워? 자네는 옹기만 구우면 되는 거네. 청자 백자 기술은 세후가 배워야지!"

그 말에 일순간 사위가 고요해졌다. 칠보 아재의 낯빛이 굳은 것도 그때였다. 칠보 아재는 잠시 머뭇거리다가 입을 열었다.

"뭐여요? 그럼, 나헌티는 안 갈쳐 줄 셈이오?"

아버지의 말이 섭섭했던 걸까? 칠보 아재도 눈을 똑바로 뜨고 아버지에게 대거리를 해댔다.

"말했잖나? 사기장은 남에게 물려주는 것이 아니라고 말일세. 그리고 지금 그런 말 할 때가 아니네! 어서 비켜서게!"

아버지의 말에 당황했는지, 칠보 아재가 아버지의 손을 놓으며 뒤로 물러났다.

"흐미! 그럼, 객식구는 여전히 객식구란 말이지요? 땀나게 형님

시키는 일 다 혔구먼, 참으로 섭섭허요!"

그러곤 칠보 아재는 문밖으로 나가 버렸다.

그 틈에 세후도 얼른 일어나 몸을 피했다. 그러자 아버지가 소리
쳤다.

"사기장이 되기 싫거든, 내 집에서 나가거라! 나도 사기장이 되기
싫다는 놈에게 가르쳐 주지 않을 것이다!"

그러고서 아버지는 몸을 돌렸다. 하지만 세후는 오기가 생겨 아
버지 등 뒤에 대고 말했다.

"사기장이 되어서 무얼 하게요? 그래서 좋은 도자기 구워서 다
이묘에게 잘 보여 조선에 가라고요? 엄마는 두고 조선에 가라고요?
싫어요!"

게정거리는 듯한 세후의 말에 아버지가 우뚝 걸음을 멈추었다.
등을 돌려 세후를 쳐다보았다. 하지만 더 이상 무어라고 하지는 않
았다.

왜벌단(倭伐團)

세후는 밤새 챙겨 놓은 봇짐을 짊어지고 방문을 한 뼘쯤 열었다. 그러고선 사방을 두리번거렸다. 아무런 기척이 없었다.

새벽달이 밝았다. 서쪽으로 한껏 기울어 있는 달은 앞마당을 훤히 비추고 있었다.

세후는 아주 조심스럽게 바깥으로 나왔다. 마당 한가운데 서서 돌아섰다. 거기에 선 채 공손히 손을 모은 다음, 머리를 깊이 조아렸다.

하지만 곧바로 고개를 들고는 주먹을 꽉 쥐었다.

'나가자! 어떻게든 되겠지!'

오로지 그 생각뿐이었다. 이게 통어리적은 짓인지는 몰라도 아버지와 더 이상 마주치고 싶지 않았다.

솔직히 아카즈키를 만나러 갈 생각이 없지 않았다. 아버지에게 뺨을 맞은 다음 날, 해변을 쏘다니다가 하필이면 발걸음이 히라도 성 쪽으로 향했다. 어쩌면 나츠카를 만나러 갈 생각이었는지 모를 일이었다. 물론 나츠카가 이전처럼 어딘가에서 쏙 나타나 줄 리는 없었지만.

그런데 전나무 숲길에 들어섰을 때, 말발굽 소리가 들렸다.

두두두두두!

이상하게 땅을 울리는 그 소리가 가슴을 뛰게 했다. 숨이 가빠지고, 무언가 알 수 없는 설렘으로 세후는 침을 꿀꺽 삼켰다. 아마 그 때문에 길을 내어 줄 생각을 하지 못했던 듯했다. 세후는 길 한복판에 멈추어 선 채로 뽀얀 먼지를 일으키며 달려오는 말을 쳐다보았다. 아카즈키였다.

아카즈키는 길을 막고 선 세후 앞에 이르더니 속도를 늦추었다. 그제야 세후는 자신이 길 한가운데 서 있다는 것을 깨닫고 얼른 길 옆으로 물러났다. 하지만 아카즈키는 세후 곁을 지나는 듯하다가 멈추더니 되돌아왔다.

아카즈키는 아무 말도 하지 않았다. 날카로운 눈빛으로 세후를 내려다보기만 했다. 그 눈빛을 마주 대하면서 세후는 얼마 전 자신이 했던 말을 떠올렸다.

'사무라이가 되고 싶어요!'

하지만 이번에는 꺼낼 수가 없었다. 그의 입에서 또다시 사기장이 되어야만 살아남을 수 있다는 말을 들을 것 같아서였다. 용기를 낼 수가 없었다.

아카즈키는 한동안 세후를 내려다보다가 다시 말을 몰고 사라져 갔다.

'아! 어쩌면 내가 무슨 말을 하기를 바랐던 건지도 몰라!'

불현듯 그런 생각이 들었다. 제멋대로 생각해 놓고 세후는 제풀에 고개를 끄덕였다. 그러고는 주먹을 불끈 쥐고 한 걸음 나섰다.

하지만 금세 여린 마음 한구석이 요동쳤다. 역시 이번에도, 사기장이 되어야만 살아남을 수 있다는 말, 바로 그 한마디 때문이었다. 아버지도 그랬고, 아카즈키도 했던. 세후는 아랫입술을 깨물었다.

'하지만 사기장이 되어야 하는 이유가 고작 그뿐이란 건가? 단지 살아남기 위해서? 아니, 아버지가 나에게 사기장이 되라는 이유는 오로지 조선에 가기 위함이 아닌가? 좋은 그릇 빚어서 다마쿠라에게 잘 보여 조선으로 돌아가겠다고? 게다가 엄마를 두고? 세상에! 칠보 아재 말로는, 가 봤자 천민 취급이나 당한다는 곳을? 아니, 고향에 돌아왔다고 반기기는커녕 반쪽 왜놈 취급하면서 간자 대하듯 한다지 않은가? 그런데 그런 곳에 돌아가겠다고? 아버지는 도대체 어찌 그런 생각을 할 수 있는 걸까?'

하지 않으려던 생각이 다시 발걸음을 붙잡았다. 세후는 서쪽으로 조금 더 기운 달을 쳐다보았다. 조금 일그러졌지만 보름달에 가까웠다.

가마 쪽에서 인기척이 들렸다. 세후는 얼른 장독대 뒤로 몸을 숨겼다. 뜻밖에도 아버지가 달빛에 몸을 드러냈다. 보퉁이 하나를 끌어안고, 사립문 앞에서 서둘러 집 밖으로 나갔다.

'아버지가 지금 이 시간에 웬일일까?'

고개를 갸웃거리면서, 세후는 장독대에서 일어났다.

그러나 곧장 다시 몸을 수그렸다. 이번에는 칠보 아재가 나타났던 것이다. 아버지한테 핀잔을 들은 뒤 곧장 집을 나가 며칠째 보이지 않던 아재가 이 시간에 무슨 일일까?

칠보 아재는 아버지가 나간 쪽으로 따라갔다. 지레짐작으로는 칠보 아재가 아버지를 몰래 뒤쫓는 듯한 모양새였다.

'도대체 무슨 일일까?'

세후는 한참 만에 집 밖으로 나왔다. 아버지도, 칠보 아재의 그림자도 더 이상은 보이지 않았다.

우거진 나무 사이로 들이비치는 달빛을 밟으며 세후는 묵묵히 걸었다. 어디선가 여우가 울부짖는 소리가 들렸고, 또 몇 걸음 더 걷자 부엉이의 울음소리가 귓가를 스쳐 갔다. 알 수 없는 짐승이 숲에서 후다닥 달아나기도 했다. 그때마다 세후는 깜짝 놀라 걸음을 멈추었고, 동시에 허리춤의 작은 칼을 손에 꽉 움켜쥐곤 했다.

나츠카가 선물로 준 그 칼은 볼수록 예사롭지 않았다. 태어나서 단 한 번도 본 적이 없는 칼이었다. 집과 고라이마치에서는 물론, 사무라이 중에서도 그런 칼을 가진 사람을 본 적은 없었다.

손잡이에는 다섯 개의 비취색 구슬이 나란히 박혀 있었는데 그 구슬이 희미한 달빛에 반짝거렸다. 카시라*에는 용을 닮은 짐승의

● 손잡이 끝부분.

얼굴 조각이 박혀 있었고, 하바끼**는 사슴뿔 모양으로 장식되어
있었다.

세후는 조심스럽게 가죽 칼집을 열었다. 초승달처럼 휘어진 칼
날이 얼음처럼 차갑게 모습을 드러냈다.

칼등 쪽에는 가느다란 선으로 무언가를 그려 놓았는데, 그림을
그리다 만 것인지 글자인지는 알 수가 없었다. 세후는 그것을 꽉 쥐
고 허공을 두어 번 휘저었다. 그런 다음 다시 칼집에 넣었다. 왠지
모르게 든든했다.

세후는 나츠카의 얼굴을 다시 한 번 떠올리고 길을 재촉했다.

정신없이 걷다 보니, 저편 앞으로 뿌옇게 숲길 입구가 보였다. 그
때문에 세후는 걸음을 빨리했다. 하지만 채 열댓 걸음을 걷기도 전
에 걸음을 멈추었다. 앞에서 누군가 달려오는 모습이 보였다. 얼른
숲길 옆으로 몸을 숨겼다.

아!

아버지였다. 아까 들고 나간 보자기를 가슴에 끌어안은 채 아버
지는 미친 듯이 달리고 있었다. 하지만 아버지뿐만이 아니었다. 무
슨 일인가 싶어 나서려는데 저만큼 뒤에서 또 누군가가 달려오고
있었다.

"쓰카마에루(저놈 잡아라)!"

** 칼날과 손잡이 경계 부분.

뜻밖에도 일본 병사들이었다. 그들은 긴 칼을 빼 들고 아버지를 뒤쫓으며 소리를 질렀다.

"아, 아버지!"

큰 소리도 못 내고 입만 열었다가 닫았다. 그사이 아버지는 숲으로 들어서서는 고라이마치로 가는 지름길 언덕으로 뛰어올랐다. 바로 그때쯤 또 한 사람이 나타났다. 초립을 쓴 사람이었다. 그 역시 칼을 빼 든 채였고 바람처럼 달려 아버지가 들어간 숲으로 뛰어들었다. 세후는 겁을 잔뜩 집어먹은 채, 그제야 그 뒤를 따랐다.

그러나 몇 걸음 더 갈 것도 없었다. 곧바로 칼날이 부딪치는 소리가 들렸다. 숲으로 들어가 보니 칼날과 칼날이 맞부딪치며 불꽃이 튀었다.

'아버지!'

다행히 아버지는 고라이마치 쪽으로 가는 언덕을 타고 오르는 중이었다.

이러지도 저러지도 못한 채 세후는 가만히 몸을 웅크렸다.

잠시 후, 한 사내의 비명 소리가 숲을 울리고 사방은 다시 조용해졌다.

세후는 한참 만에 벌떡 일어났다. 커다란 참나무에 기대어 주위를 둘러보았다. 어느새 달빛 대신 새벽의 여명이 뿌옇게 숲에 내리고 있었다. 그 숲 사이를, 사무라이도 초립의 사내도 아닌 또 다른 누군가 헐레벌떡 달려가고 있었다. 칠보 아재였다.

'도대체 무슨 일이 일어난 걸까?'

쿵쾅거리는 가슴을 꽉 붙잡고 세후는 숲이 밝아질 때까지 가만히 앉아서 마음을 다스렸다.

그렇게 한참 만에 일어나 집 쪽으로 걸음을 옮겼다. 갑자기 아버지가 궁금해졌다. 그런 생각이 들자마자 자신도 모르게 걸음이 빨라졌다. 바로 그즈음, 어디선가 말발굽 소리가 요란하게 들려오기 시작했다.

마당 한가운데 아버지가 무릎을 꿇고 앉아 있었다. 윗저고리의 옷고름은 풀려 헤쳐진 채였고, 그나마 한쪽 어깨가 찢어져 있었다. 더 끔찍한 것은 낯선 사무라이의 칼날이 아버지의 목 아래서 시퍼렇게 빛나고 있는 광경이었다. 당장 아버지에게 달려가고 싶었지만, 왜군 병사가 뒷덜미를 붙잡고 있어서 꼼짝할 수가 없었다. 엄마는 마침내 경기를 일으킨 누나를 꼭 붙든 채 겁에 질려 있었다.

"말해라! 왜벌단과 내통했느냐?"

처음 보는 사무라이였다. 그는 화려한 국화가 수놓인 금색 비단 옷을 입고 있었다. 사슴 가죽으로 만든 신발도 그렇고, 금빛 문양이 새겨진 칼만 보아도 꽤 높은 사람 같았다. 하지만 말 위에서 소리 지르는 모습은 영락없는 늑대의 모습이었다.

"아니요. 저는 왜벌단을 모릅니다!"

아버지가 고개를 저으며 말했다. 그 때문에 입안에 가득 고여 있던 핏물이 맨가슴으로 흘러내렸다. 그런데 왜벌단이라니? 문득 억수네 삼촌이 생각났고, 그 때문에 세후는 온몸이 부르르 떨렸다.

"틀림없이 새벽에 왜벌단 첩자를 만나는 것을 보았다는 사람이 있다!"

"아닙니다. 그럴 리 없습니다."

"계속 거짓을 고할 셈이냐? 오잇! 그자를 이리 데려오라!"

비단옷의 사무라이는 아버지에게 호통을 치더니 병사들을 향해 명령을 내렸다. 그러자 병사들 틈에서 누군가 얼굴을 내밀었다. 다름 아닌 칠보 아재였다.

"틀림없이 저자가 왜벌단 첩자를 만나는 것을 보았느냐?"

"다마쿠라 장군님! 틀림이 없습니다."

칠보 아재가 비단옷을 입은 사무라이에게 머리를 조아리며 말했다.

세후는 두 번 놀랐다. 칠보 아재의 말에, 그리고 한 번도 보지 못한 다마쿠라가 눈앞에 서 있다는 사실 때문에.

"장군님, 저는 조선인 장사꾼을 만났을 뿐이옵니다. 그자가 돈을 더 많이 쳐준다고 하기에 몰래 청자를 팔려던 것뿐이옵니다."

"뭣이? 그것 역시 큰 죄인 줄 모르는가? 이 가마에서 만들어지는 도자기는 모두 이 다마쿠라, 나아가 내 주인이신 다이묘의 것임을 모르는가?"

"죽을죄를 지었습니다!"

아버지는 고개를 더 아래로 조아리며 말했다.

"게다가 나는 너에게 오래전부터 백자를 빚으라 했다. 이미 아리타*에서는 이삼평이라는 자가 백자를 빚어 포도아(포루투갈) 사람들에게 팔기로 했다고 들었다. 그런데 어찌 너는 아직까지 빚지 못하는 것이냐?"

"장군! 아직 많은 양의 도자기를 빚을 수 있을 만큼 충분한 백자토를 발견하지 못했사옵니다."

"또 그놈의 흙 타령이냐? 너는 이 고라이마치에서 가장 유능한 도공이라 들었는데, 어찌 흙조차 찾지 못하는 게냐?"

"조금 더 시간을 주신다면 오래지 않아 꼭 백자토를 찾아 백자를 빚겠나이다!"

"혹시 지금도 조선으로 돌아갈 생각만 하느라 찾지 못한 것 아니냐? 그래서 왜벌단과 내통한 것 아니고?"

"아니옵니다. 절대 그렇지 않사옵니다!"

아버지가 고개를 흔들며 큰 소리로 말했다. 그런데 그때, 느닷없이 칠보 아재가 나섰다.

"아닙니다. 저자는 틀림없이 왜벌단의 첩자를 만났습니다. 한낱 상인이 어찌 그리 칼 솜씨가 좋아서 사무라이에게 중상을 입히고

● 현재 일본의 사가 현 아리타 시를 말한다. 임진왜란 후, 조선인 사기장들이 정착하여 도자기를 빚어 유명해진 마을로, 이삼평은 이곳에서 도자기의 신으로 여겨져 지금까지도 일본인들에게 추앙받는다.

도망친단 말입니까?"

"그 또한 그렇다! 그것에 대해서는 어찌 변명할 텐가?"

"다마쿠라 장군, 그건 소인도 모르는 일입니다."

"아닙니다. 틀림없이 그자는 왜벌단의 첩자입니다."

칠보 아재가 기를 쓰고 나섰다. 세후는 도저히 이해할 수가 없었다. 어째서 칠보 아재가 자꾸만 아버지를 몰아붙이는 것일까.

그때 아버지가 느닷없이 조선말로 칠보 아재에게 말했다.

"이보게, 칠보. 자네는 어찌 장군께 거짓을 고하는가? 그리고 내가 자네를 형제처럼 대했거늘 어찌 이러는 것인가?"

"음마! 형제라고라? 부려 먹을 만큼 부려 먹고도 도자기 빚는 기술은 가르쳐 주지도 않음서 무신 형제요."

"결국 그것 때문이었단 말인가?"

설마! 세후는 자신도 모르게 고개를 저었다. 정말 칠보 아재가 아버지를 모함하는 이유가 고작 아버지의 그 말 때문이었다고? 그때 아버지가 핏물을 머금고 다시 말했다.

"아무리 그래도 어찌 조선 사람끼리 이럴 수가……."

"내가 말했잖소. 우리는 이제 조선 사람이 아니요. 제 백성도 품지 못하는 나라가 어찌 나라라 할 수 있단 말이오?"

"이보게!"

아버지가 호통을 치듯 소리를 높였다. 그래도 칠보 아재는 각오한 듯 연이어 입정 사나운 말을 쏟았다.

"형님도 꿈 깨시오. 조선에서라면 솔직히 형님이 이만한 대접받으며 사실 수 있었겠소? 천민 취급받으면서 양반 놈들 비위나 맞추며……."

그때, 다마쿠라가 소리를 쳤다.

"무어라고 지껄이는 게냐? 어디서 함부로 조선말로 나불대는 것이야? 오잇! 이자들을 모두 성으로 끌고 가라!"

"하이!"

다마쿠라의 명령이 떨어지기 무섭게 병사들이 우르르 달려들어 아버지를 일으켜 세웠다. 그와 동시에 엄마가 달려 나왔다.

"장군! 센세이는 절대 그런 분이 아니옵니다. 도자기밖에 모르는 사람입니다."

엄마는 다마쿠라의 발 앞에 무릎을 꿇고 애원했다. 그러자 돌아서려던 다마쿠라가 문득 멈추더니 말했다.

"토모미! 나서지 말라! 네게도 책임을 물을 것이다!"

그 말에 엄마는 꼼짝도 못 하고 그 자리에 엎드린 채 울부짖었다. 병사들이 엄마를 툭 치고 지나갔다. 그러는 바람에 엄마는 한쪽 옆으로 쓰러졌다.

그때 세후의 가슴속에서 무언가 뜨거운 것이 일었다. 더 이상 지켜보고만 있을 수는 없었다.

세후는 벌떡 일어났다. 아무것이나 손에 잡히는 대로 들고 내달렸다. 지게 작대기였다. 세후는 일본군 병사들 앞을 막아선 다음,

칼을 재듯 작대기를 그들 앞에 곧추세웠다. 그러자 재빨리 일본군 병사 하나가 달려 나왔다. 세후는 지게 작대기를 휘둘러 병사가 칼을 뽑기도 전에 재빨리 목을 내리쳤다. 갑작스러운 공격에 병사는 옆으로 물러났다. 그러더니 칼을 빼 들었다.

그때, 날카로운 소리가 날아들었다.

"오잇!"

아카즈키였다. 병사는 칼을 뽑은 채 멈추었고, 아카즈키는 다마쿠라에게 다가가 무언가 속삭였다. 그러자 다마쿠라가 잠깐 놀라는 듯하다가 고개를 끄덕였다. 곧 아카즈키가 앞으로 나섰다.

동시에 아버지가 소리쳤다.

"세후야! 무슨 짓이냐? 물러나거라! 어서!"

하지만 세후에게는 아버지 목소리가 들리지 않았다. 무슨 생각으로 이 앞으로 달려 나왔는지 스스로도 알 수 없었지만, 아버지를 그냥 두고 볼 수만은 없었다. 지금 가면 다시는 오지 못할지도 모른다는 불길한 생각이 들어서였다.

그런데 무슨 일일까? 아카즈키는 앞에 섰던 병사의 칼을 빼앗더니, 그것을 세후 앞으로 던졌다. 칼은 서너 번 굴러 세후 발 앞에 멈추었다.

세후는 칼집에서 한 뼘쯤 빠진 칼날을 내려다본 다음, 아카즈키를 쳐다보았다. 그러자 아카즈키가 말했다.

"싸우겠다면 집어 들라."

"······?"

무슨 의미일까? 세후는 어금니를 꽉 깨물고 칼과 아카즈키를 번갈아 쳐다보았다. 그러자 아카즈키가 다시 말했다.

"사무라이가 되고 싶다고 하지 않았느냐? 이제 용기가 없어진 것이냐? 반쪽 조선인이라 그런 것이냐?"

그 말에 세후는 주먹을 꽉 쥐었다. 오기가 생겼다. 세후는 다시 한 번 칼을 내려다보았다.

그때 엄마가 외쳤다.

"안 돼! 세후야!"

세후는 엄마를 쳐다보지 않았다. 칼만 내려다보았다. 침을 꿀꺽 삼켰다. 그럴 즈음, 아카즈키가 다시 말했다.

"내가 말하지 않았느냐? 너는 도공이 되어야 살아남는다고. 네가 칼을 집어 드는 순간, 너와 네 아비는 더 이상 목숨을 부지할 수 없다."

"······."

"사무라이는 이길 수 없는 싸움에 함부로 나서지 않는다."

앞이 막막하기만 했다. 세후는 어찌할 바를 모르고 내내 몸을 떨었다. 그때, 아카즈키가 한마디 덧붙였다.

"돌아가서 장군님의 처분을 기다려라."

낮고 차분한 목소리였지만, 한편으로는 차고 냉혹하게 들렸다. 세후는 떨었다. 무서웠고 어쩌면 좋을지 몰라서 지게 작대기를 붙잡은 채 연신 파르르 떨었다.

그때, 엄마가 달려왔다.

"세후야! 안 돼. 이러면 안 돼! 장군님, 잘못했습니다. 제 아이가 철이 없어서 그런 것이니 용서해 주십시오."

엄마가 온 힘으로 잡아당기는 바람에 세후는 길옆으로 비켜섰다. 그와 동시에 엄마의 손길에 끌려 무릎을 꿇고 말았다.

잠시 후, 다마쿠라가 지나갔다. 굳은 표정으로 다마쿠라는 세후를 내려다보았다. 콧수염이 꿈틀거리는 게 보였다. 세후는 다마쿠라가 등을 보이고 저만치 지나친 뒤에도 오래도록 뒷모습을 쳐다보았다.

"세후야! 몸 상한 데는 없니?"

엄마가 세후의 얼굴을 들어 올리고 물었다. 온몸을 더듬어 댔다. 세후는 대답하지 못했다. 그냥 눈물만 흘렀다. 화가 났지만, 도대체 누구에게 화를 내야 할지 몰라 거친 숨만 내뱉어야 했다. 그런 세후를 엄마가 끌어안았다.

"세후야!"

엄마는, 한참 동안이나 그 자리에 주저앉아 흐느꼈다. 바람 한 점 없었고, 아침 햇살이 오히려 따사로운데도 오한이 든 사람처럼 온몸을 떨고 있었다.

"엄마……."

자신도 모르게 중얼거렸다. 그제야 엄마는 일어났다. 그러고는 쓰러질 듯 비틀거리며 겨우 사립문 안으로 들어섰다. 하지만 엄마는 마당 한가운데 멍하니 서 있다가 곧 그 자리에 풀썩 주저앉았다.

누나는 이제 말짱해졌는지 가마 앞에서 초벌로 구운 황톳빛 그릇에 그림을 그려 넣고 있었다. 지금 도자기에 그림을 그릴 때냐고 소리치려다가 그만두었다.

세후는 엄마 옆에 쭈그리고 앉았다. 그러자 비로소 엄마가 움직였다.

"……."

엄마가 아무 말 없이 세후를 바라보더니 눈물을 주르르 흘렸다. 세후는 엄마를 가만히 끌어안았다. 엄마는 한참 동안 세후를 마주 안고서 움직이지 않았다.

그렇게 시간이 흘렀다. 굳은 것처럼 엄마는 뜨거운 태양을 등에 지고 마당 한가운데 주저앉은 채 꼼짝도 하지 않았다. 세후는 이러지도 저러지도 못하고 넋 나간 사람처럼 그 옆에 주저앉았다. 이따금 새 우짖는 소리가 들렸고, 누나가 그릇을 만지는 소리가 들렸다.

해가 거의 하늘 한가운데 이를 때쯤, 누나가 다가와 말했다.

"세후, 울지 마."

막 그러고 있는데, 엄마가 일어났다. 엄마는 성큼성큼 우물가로 걸어가더니 얼굴을 씻었다.

"엄마!"

세후가 불렀지만 엄마는 돌아보지 않고 방으로 들어갔다. 이불
장 깊숙한 곳을 뒤지기 시작했다.

"엄마, 왜 그래?"

"다마쿠라 장군께 가 봐야겠다."

"네?"

"그분은 아주 오래전에 내 주인이셨다."

왜 이러는 걸까? 엄마의 목소리는 아주 낮고 차분했다. 무언가
굳게 결심한 사람 같았다. 세후는 대꾸하지 못하고 엄마를 쳐다보
기만 했다.

세후가 주저하자, 엄마가 말을 이었다.

"사무라이였던 내 아버지가 전투에서 패해 돌아가시고, 온 가족
들까지 화를 면치 못했을 때, 친구였던 다마쿠라 장군이 나를 데려
다 키우셨지. 그래서 난 가까스로 목숨을 건졌단다."

세후는 얼결에 고개를 끄덕였다. 문득 나츠카가 했던 말이 생각
났다.

"어서 장군께 달려가 용서를 빌어야겠다. 그래야 아버지가 돌아
오실 수 있어."

그러더니 엄마는 반닫이 깊숙한 곳에서 무언가를 꺼냈다. 작은
찻잔 두 개와 찻주전자였다. 한눈에 보아도 예사롭지 않은 것들이
었다.

"그건 뭐죠?"

"네 아버지가 개흙으로 빚은 찻잔이란다."

"개흙이라니? 개흙으로 어떻게 찻잔을 빚죠?"

"개흙은 소금기가 많고, 다루기가 어려워서 웬만하면 도공들이 피한다고 들었다. 하지만 입자가 아주 곱고 정화 작용이 워낙 뛰어나서 잘만 빚으면, 그 어떤 흙으로 빚은 그릇보다 뛰어난 그릇을 만들 수 있다더구나."

"......?"

"그뿐이 아니야. 이 그릇을 빚을 때, 유약도 전복과 조개껍질을 빻아서 만들었단다. 히라도와 아주 어울리는 찻잔일 거야."

"그걸 엄마가 어떻게 알았어요?"

"네 아버지가 말씀해 주셨단다. 혹시 당신이 조선으로 떠난 후에, 무슨 일이 생기거든 이 그릇을 가지고 다마쿠라 장군께 가라 하셨지. 이걸 보여 주면 좋아할 거라고."

순간 가슴이 철렁 내려앉았다. 갑자기 머릿속이 무언가로 꽉 들어차는 느낌이었다.

'세상에! 아버지는 정말 조선으로 갈 생각이었구나. 모든 걸 철저하게 준비하고 있었어. 도대체 이런 위험을 무릅쓰고 왜 조선에 가려 한 걸까?'

모를 일이다. 세후는 자기도 모르게 고개를 저었다. 그런 세후를 아랑곳하지 않고, 엄마는 찻잔과 찻주전자를 노란 보자기에 정성들여 싸며 말을 이었다.

"아버지는 참 현명한 분이시다. 사무라이들은 다도(茶道)를 즐기고, 그래서 좋은 찻그릇이라면 목숨만큼 중히 여기지."

"그, 그래서 일본 사람들이 조선의 사기장들을 이리로 데려온 거예요?"

세후의 질문에 엄마는 고개를 끄덕였다. 그러더니 잠시 손길을 멈추고 말을 이었다.

"그중에서도 네 아버지는, 이 고라이마치에서 가장 흙을 잘 알고, 잘 다루는 도공이시다……. 들판의 흙은 꽃향기가 나고, 숲속의 흙은 싱싱한 풀 냄새가 나지. 갯벌의 흙은 온갖 생명을 품고 있는 바다의 내음이 나고, 계곡의 흙에서는 청아한 물 냄새가 난단다. 그래서 들판의 흙으로 빚은 찻잔은 풍류를 즐길 때, 숲의 흙으로 빚은 찻잔은 아랫사람을 훈계할 때, 갯벌의 흙으로 빚은 찻잔은 심신의 병이 깊을 때, 계곡의 흙으로 빚은 찻잔은 마음이 어지러울 때 좋다더구나."

"그것도 아버지가?"

"그뿐이 아니다. 아버지는 같은 흙이라도 어떤 물로 반죽을 하느냐에 따라 다른 그릇을 빚을 수 있다고 하셨고, 떡메질을 몇 번 하느냐에 따라서도……."

"그건 나도 알아요. 하지만 그 찻그릇을 갖다 준다고 다마쿠라가 아버지를 놓아줄까요?"

"뭐든 해 봐야지. 아버지를 그냥 놓아둘 수는 없지 않겠니?"

그 말을 마치고 엄마는 그예 몸을 일으켰다.

"그럼, 나도 갈래요."

"안 돼! 세후는 누나를 지키고 있어야지. 엄마 혼자 잘할 수 있어."

엄마는 세후의 어깨를 토닥이고는 바깥으로 나갔다.

엄마는 빠르지도 느리지도 않게 걸어 가마 앞에서 여전히 그림을 그리고 있는 누나에게 다가갔다. 그러고는 가만히 안았다.

"좋아! 따뜻해!"

누나가 배시시 웃었다.

무언가 불안했다. 마치 다시는 돌아오지 않을 사람처럼, 엄마는 누나를 꼭 끌어안고는 눈물을 흘렸다.

그런 다음 손짓으로 세후를 불렀다. 가까이 다가가자 엄마는, 다시 누나와 함께 세후를 꼭 끌어안았다. 한참을 그러고 난 뒤, 엄마는 곧장 대문을 나섰다.

복사꽃의 비밀

일본군 병사들이 고라이마치 곳곳을 휘젓고 다녔다. 무얼 찾겠다는 건지 아무 집이나 문을 걷어차고 들어가 소리를 지르고 알아들을 수 없는 말을 지껄여 댔다. 들리는 말로는, 촌장님 집에는 안방까지 들이닥쳐 이불장 속까지 뒤졌다고 했다. 그러더니 마침내, 해질 무렵에는 촌장님 이웃에 살던 젊은 사기장 하나를 히라도 성으로 붙잡아 갔다는 소문이 퍼졌다. 아버지가 끌려가던 바로 그날 일어난 일이었다.

다음 날에도 두어 명이 더 붙들려 갔다. 고라이마치는 순식간에 살벌해졌다. 이튿날부터는 한낮에도 돌아다니는 사람이 드물었다. 지나다니는 일본군들이 고함치는 소리만 간간이 들렸다. 마을의 사정이 어떤지 알아보고 온다며 아침나절에 나갔던 엄마가, "어느 집에서는 일본군이 다 큰 처녀를 희롱했다더라."라는 소문을 듣고 와서 누나를 가마 안에 숨기고 꼼짝도 못 하게 했다.

이틀 뒤, 고라이마치를 휘젓고 다니던 일본군의 숫자는 줄어들었지만 더 흉한 소문이 들려왔다.

"다마쿠라가 고라이마치를 불태우고 조선 사람들을 죄다 서양 오랑캐의 노예로 팔아 버린답니다."

그 말을 전해 들은 엄마는 안절부절 어쩔 줄을 몰라 하며 종일 사립문 안팎을 들락거렸다. 세후는 단박에 히라도 포구에서 보았던 조선인 노예들을 떠올렸다. 쇠사슬에 묶여 끌려가던 그 모습이 생생하게 머릿속에 되살아나 몸을 떨었다.

아흐레째 되던 날, 붙잡혀 갔던 젊은 사기장이 뭇매를 맞아 피투성이가 된 채 돌아왔다는 말이 고라이마치에 퍼졌다. 세후는 예의가 아닌 줄 알면서도 엄마와 함께 달려가 아버지에 대해 물었다. 그러자 그는, "네 아버지는 쉬이 풀려나올 수 없을 게야!" 하며 돌아누웠다. 몸져누운 사람을 더 채근할 수 없어서 세후는 엄마의 손을 붙잡고 돌아 나올 수밖에 없었다.

하필이면 그날부터 신풍(神風)*이 불었다. 거센 바람이 집 앞의 나뭇가지들을 툭툭 꺾어 놓았고, 집 안으로 들어와 마당은 물론 각 령까지 파고들어 분탕질을 해 댔다. 작업대에 올려놓았던 반건조 그릇들이 여럿 깨졌고, 그도 모자랐는지 바람은 가마 뒤편에 쌓아 놓은 장작까지 쓰러뜨렸다. 날이 저문 뒤에는 집 뒤편의 숲을 자꾸 할퀴어 대며 귀신의 울음소리를 만들어 냈다. 아니, 이따금 세후에

---

* 태풍을 말한다. 고려 말 여몽 연합군이 일본을 공격했을 때, 하필 태풍이 불어 여몽 연합군이 대패하였다. 이때부터 한동안 일본 사람들은 태풍을 신풍이라 불렀다.

게는 사람의 비명 소리로 들렸다. 그때마다 세후는 아버지가 모진 매를 맞고 있는 장면이 떠올라 온몸을 부르르 떨곤 했다.

날이 샌 뒤, 바람은 잦아들었지만 비가 쏟아졌다. 그래도 엄마는 여전히 사립문 곁을 떠나지 못했다. 하지만 아버지는 그날도 돌아오지 않았다.

아버지가 돌아온 건 신풍이 모두 지나가고 거짓말처럼 파란 하늘이 드러나던 날 아침이었다. 히라도 성으로 붙들려 간 지 꼭 열나흘 만이었다.

"아부지! 아부지!"

누나가 달려들어 아버지를 흔들어 댔다. 하지만 아버지는 눈을 뜨지 않았고, 꼼짝도 하지 않았다. 일본 병사 세 명이 버리듯 집 앞에 던져두고 간 아버지가 마침내 숨이 끊어진 모양이라고 세후는 생각했다. 피투성이가 된 얼굴, 벗겨진 저고리 사이로 보이는 깊은 상처 자국, 심지어 무릎에는 불로 지진 흔적까지 있었다.

순간 별별 생각이 다 들었다. 정신이 일시에 혼란스러워졌다. 그 중에서도 꼭 한 가지 생각이 머리 가운데 박혀 떠나지를 않았다.

'아버지가 돌아가셨다. 그럼 난 어떻게 해야 하지? 엄마와 누나는?'

그럴 때, 엄마가 다가왔다.

"어서 아버지를 방으로 옮기자!"

엄마는 아버지 가슴에 귀를 대 보더니 말했다. 그제야 정신이 번

쩍 들었다. 세후는 아버지의 머리를 바로 세우고 양쪽 겨드랑이 사이에 팔을 넣어 일으켰다. 그런 채로 엄마와 함께 아버지를 질질 끌었다. 그러면서도 세후는 아버지가 살아 있을 거라고 믿지 않았다. 누나까지 달려들어 아버지를 방으로 옮기는데 가녀린 숨소리만 들리지 않았다면 아마 끝까지 그랬을 거였다. 하지만 아버지는 간헐적으로 숨을 쉬었고, 아주 가끔 고통스러운 신음 소리를 내뱉기도 했다.

엄마는 아버지를 방 안으로 옮겨 놓은 뒤, 뒤따라 들어온 세후와 누나에게 말했다.

"잠깐 나가 있거라! 세영이는 얼른 불 때서 따뜻한 물 좀 가져오고."

엄마의 얼굴이 딱딱하게 굳어 있었다. 세후는 어쩔 줄 몰라 발만 동동 굴렀고 누나는 연신 훌쩍였는데, 엄마는 뜻밖에도 눈물 한 방울 흘리지 않고 담담하게 말했다. 그 목소리가 너무나 비장했다.

세후는 바깥으로 나와 툇마루에 앞에서 서성댔다. 그러는 동안 누나는 수십 번이나 더 방을 오가며 핏물이 잔뜩 밴 수건을 방에서 가지고 나왔고, 뜨거운 물과 마른 수건을 셀 수도 없이 방으로 가져갔다. 그때마다 세후는 물었다.

"누나, 아버지는?"

"세후, 아버지 아파! 많이 아파!"

해가 중천에 떠올랐을 무렵이 되어서야 엄마는 세후를 불렀다.

방으로 들어간 세후는 얼른 아버지 앞으로 다가가 앉았다. 상처 자국은 남았지만, 아버지의 얼굴은 깨끗했다. 엄마가 뜨거운 물로 구석구석 닦은 모양이었다.

"아버지를 지키고 있거라! 한시도 떠나지 말고."

그러더니 어머니는 바깥으로 나갔다.

무서웠다. 여전히 아버지는 숨 쉬는 것조차 어려워 보였고, 이따금 경기하듯 온몸을 부르르 떨기도 했다. 하지만 세후는 아버지를 위해 할 수 있는 일이 아무것도 없었다.

"아버지······."

울음 섞인 목소리로 아버지의 퉁퉁 부은 손만 몇 번 만져 본 게 전부였다.

꽤 시간이 흐른 뒤에야 엄마가 고라이마치에서는 한 번도 본 적이 없는 일본인 의원을 데려왔다.

의원은 만신창이가 된 아버지의 몸을 쳐다보더니 대번에 고개를 저었다. 그게 무슨 뜻인지 세후는 단박에 알아챘다. 그 순간, 가슴이 덜컥 내려앉았다. 온갖 나쁜 상상이 머릿속을 신풍처럼 덮쳤다.

"안 돼요. 살려 주세요. 제발요."

엄마가 울부짖듯 말했다. 그러자 의원은 여전히 고개를 저으며 아버지의 손목을 들어 맥을 짚었고, 무슨 약초를 아버지의 상처에 덮어 주었다. 침을 놓을 때는 아버지가 몸을 조금씩 비틀기도 했다.

의원은 해가 저물도록 아버지를 치료하고 돌아갔다.

그다음 날부터 세후는 의원에게 물어 히라도 곳곳을 돌아다니며 약초를 구해 왔다. 엄마는 밤을 새워서 약을 달이고, 아버지 옆에서 쪽잠을 자며 병구완을 했다.

산을 오르내리며 세후는 몇 번이나 구르고 넘어져 정강이가 깨졌고 얼굴이 나뭇가지에 쓸렸다. 그렇게 닷새가 지났다. 그즈음 아버지는 처음으로 눈을 떴고, 무어라 중얼거리기라도 할 듯 입술을 움직였다.

또 열흘이 지루하게 지나갔다. 엄마는 조금도 지친 기색 없이 아버지를 돌보았고, 마침내 사나흘이 더 지난 뒤부터 아버지는 입을 열었다.

"세, 세후…… 조선에……."

처음엔 그게 전부였다. 그 말조차도 힘든 듯 아버지는 더 이상 입을 열지 못하고 숨을 헐떡댔다.

다행히 며칠이 지난 뒤, 아버지는 마침내 엄마가 끓인 흰죽을 먹기 시작했다. 금방이라도 숨이 넘어갈 것처럼 창백했던 아버지의 얼굴에 핏기가 돌기 시작한 것도 그즈음이었다. 온전한 말을 하기 시작한 것도 그때였다.

"세후야, 도자기를…… 굽거라. 그래야 살아날…… 수 있다."

세후는 가슴이 서늘해졌다. 아카즈키가 했던 말이었다. 공연히 눈물이 나와서 세후는 아버지를 마주 보지 못했다.

그날 밤, 아버지의 약을 달이며 엄마가 말했다.

"네 아버지 이제 괜찮을 거야!"

아버지가 붙들려 간 뒤 처음으로 엄마가 희미한 미소를 지었다. 세후는 눈만 깜빡이며 엄마를 쳐다보았다. 탕약을 달이느라 피운 화덕 불에 희미하게 비친 엄마의 얼굴은 몹시 지쳐 보였다.

"엄마가 아버지를 살렸어요!"

하지만 엄마는 고개를 가로저었다. 그러고는 새까만 하늘 한가운데 휘영청 떠오른 보름달을 한 번 올려다본 다음, 탕약 그릇을 가리켰다.

"아니, 이 그릇이 아버지를 살렸단다."

뜬금없는 말에 세후는 엄마를 빤히 쳐다보기만 했다. 엄마가 말을 이었다.

"네가 아주 어릴 때, 엄마가 아주 많이 아픈 적이 있었단다. 그런데 꼭 이 그릇으로만 약을 달여 주시더구나. 나중에 왜 그러느냐고 물었더니, 산삼이 자란다는 산의 흙을 구하고, 100살이 넘는 노인들이 많이 산다는 마을에 가서 그들이 마신다는 물을 길어 와 흙을 씻으셨다고 하시더라. 그릇을 구울 때도 히라도를 다 뒤져 100년이 넘은 소나무를 구해 그걸로 불을 때서 이 그릇을 만드셨대. 그래서 내가 살았지."

그 말에 다시 눈물이 났다.

세후는 눈물을 닦고 그 늦은 밤에 바깥으로 뛰어나갔다. 가마 뒤로 가서 잘 다듬어 놓았던 목검을 꺾어 부러뜨렸다. 그런 다음 각령으로 달려가 호롱불을 켰다.

미친 듯이 물레를 돌렸다. 어떤 그릇을 빚어야겠다는 생각도 없이 한없이 물레를 돌리고, 흙을 만져 그릇을 만들었다. 호로병도 만들었고, 접시와 대병*도 빚었다. 엄마가 말렸지만, 세후는 멈추지 않았다. 그래야만 할 것 같았다.

다음 날에는, 아버지가 끌려간 뒤 처음으로 수비를 했고, 그다음 날에는 그릇을 빚고 산에 올라가 소나무를 해 왔다. 또 그다음 날에는 빚어 놓은 그릇을 초벌구이 했다. 하루 더 지난 후에는 초벌 그릇 위에 누나와 함께 그림을 그렸다. 그렇게 보름이 지났다.

엄마의 그 말이 사실인지 알 수 없었지만, 아버지는 마침내 일어나 앉았다. 그러고는 각령 앞을 기신거리기를 며칠, 또 얼마간 날이 지나자 으레 잔소리를 시작했다.

"무어가 걱정스러워 내 옆에서 안절부절이냐? 난 죽더라도 조선에 가서 죽을 테니 걱정 말거라! 그러니 어서 그릇이나 빚어라."

핀잔 같은 말이었지만, 그조차 반가웠다. 세후는 자신도 모르게 씩 웃었다. 하지만 그 뒷말에는 다시 한 번 숨을 멈출 수밖에 없었다.

"그릇을 빚어야 우리가 살 수 있다. 내 말 명심하고 있겠지?"

이제는 알 것 같았다. 사무라이가 될 수 없다는 그 말을 받아들이기로 했다. 세후는 어금니를 꾹 깨물고 고개를 끄덕였다.

● 목이 굵은 병으로 술을 담거나 꽃꽂이를 할 때 쓰는 도자기로 백자가 많다.

스무 날쯤 지난 뒤, 아버지는 바깥으로 나와 가마를 둘러보았다. 찬찬히 장작을 패 보기도 했고, 물레에 앉아 그릇을 빚기도 했다. 마치 연습이라도 하는 듯이.

아버지는 천천히 원래의 모습으로 돌아오고 있었다. 그때쯤, 성급한 단풍이 산꼭대기부터 물들기 시작했다.

"가자!"

아버지의 목소리가 예전처럼 굵고 다부지게 들렸다. 그제는 꼬막을 밀었고, 어제는 나무도 한 장작 해 왔다. 그전보다는 숨차했지만, 거의 회복한 듯했다. 하지만 마침 마당을 쓸고 있던 세후는, 그말이 무슨 뜻인지 몰라 멍하니 아버지를 쳐다보았다.

"네게 꼭 알려 둘 것이 있으니, 따르거라!"

그러고서 아버지는 바랑을 짊어지고 먼저 대문 쪽으로 나섰다. 어머니가 쫓아와, 아직은 무리라며 말렸다.

"시간이 없소. 나는 괜찮으니 너무 걱정 마시오."

아버지는 알 듯 모를 듯한 말을 하며 엄마의 어깨를 다독였다. 그러자 엄마는 체념한 듯 돌아서려다가 얼른 부엌으로 달려가 삶은 감자가 담긴 보시기를 가지고 와서 아버지 바랑에 넣어 주었다.

"센세이, 좃토마테 구다사이(잠깐만 기다려 주세요)!"

문밖을 나서 예닐곱 걸음을 겨우 걸었는데, 견습 도공 료헤이가 달려 나와 앞을 가로막았다. 그는 다마쿠라가 보낸 일본인 도공이었다. 아버지가 겨우 일어나 가마를 둘러볼 무렵 들이닥친 료헤이는 아버지 앞에 무릎을 꿇고, "힘써 배우겠습니다!"라고 말했다. 하지만 그에게 또 다른 목적이 있음을 세후는 단 하루 만에 눈치챌 수 있었다. 아버지가 문밖을 나설 때마다 어디를 가느냐고 물었고, 심지어 엄마와 세후에게도 집 밖으로 멀리 나가면 안 된다고 말했다. 이를테면 료헤이는 아버지를 감시하기 위해 보내진 사람이었던 것이다. 그걸 알면서도 료헤이를 내쫓을 수가 없었다.

"흙을 찾으러 가는 게요."

"센세이, 저도 따라가겠습니다. 그리고 말씀은 편하게 하십시오."

스물대여섯 살쯤 되어 보이는 료헤이는 고개를 숙여 보이고는 예닐곱 걸음 뒤에서 아버지의 뒤를 따르기 시작했다.

아버지는 여우재 쪽으로 방향을 잡았다. 늘 그랬듯이 별말이 없었다. 세후는 자꾸만 아버지를 힐끔거렸다. 말없이 걷는 게 어색하기도 했고, 다친 몸이 다 나았다고는 하지만 걱정이 된 탓도 있었다. 그래서 무슨 말이든 꺼내야 한다고, 공연히 조바심에 시달렸다. 이를테면, 괜찮으세요, 라든지. 아니면, 많이 힘드셨지요, 라든지 하는 말.

그런데 입에서는 그저 궁금한 물음 하나가 툭 튀어나왔다.

"제게 무얼 보여 주시려고……?"

"도자기를 빚어야겠다. 다마쿠라 장군과 다이묘가 원하는 도자기를 말이다!"

질문에 대한 대답치고는 생뚱맞게 들렸다. 그래서 세후는 대꾸하지 못했다. 공연히 말을 꺼냈나 싶은 생각도 들었다. 세후는 제풀에 미안해져서 말없이 걸었다.

그런데 얼마나 걸었을까. 이번에는 아버지가 먼저 물었다.

"설마 아직도 사무라이가 되고 싶다는 둥, 그런 생각을 하고 있는 건 아니겠지?"

세후는 대답하지 못했다.

"혹시라도 그런 마음이 조금이라도 남았다면, 버리거라! 우리 조선인은 도자기를 구워야 이 땅에서 살아남을 수 있어. 아직도 모르겠느냐?"

아카즈키가 했던 말과 흡사했다.

"하지만……."

"넌 조선인이다!"

아버지가 강조하듯 목소리를 높였다. 그러나 그 말이 자꾸만 거슬렸다. 마치 엄마는 조금도 염두에 두지 않는 것 같아서였다.

"하지만 저는 엄마의 아들이기도 해요."

"아비 말을 들어라. 그래도 너는 조선인이다! 일본 사람의 피가 단 한 방울도 섞이지 않은 조선인이란 말이다!"

도대체 아버지는 무슨 말을 하고 있는 걸까. 그럼, 엄마는? 세후는 도무지 아버지의 말을 이해할 수가 없었다.

아니, 아버지는 곧바로 더 알 수 없는 말을 꺼내 놓았다.

"너는 조선에서 태어났고, 채 한 살도 되지 않았을 때 일본으로 끌려왔단다."

"……?"

고개를 갸웃거리면서 아버지를 쳐다보았다. 그러자 아버지는 말 없이 더 걷다가 길옆에 불쑥 튀어나온 너럭바위 앞에서 멈추었다.

"잠시만 쉬었다가 가자꾸나."

아버지가 먼저 바위 위에 올라앉았다. 세후는 한 팔 간격을 두고 옆에 앉았다. 료헤이는 그보다 더 멀찌감치 주저앉더니 손부채질을 해댔다.

아버지는 바랑 안에서 보자기에 싼 감자를 꺼내 놓았다. 그중 하나를 료헤이에게 건네주고 세후에게도 하나를 집어 주었다. 그러고 는 먼저 한 입 베어 물었다.

세후도 따라서 반 입을 넣어 우물거렸다. 그때쯤 아버지가 목멘 소리로 입을 열었다.

"꼭 두 달만 더 있었으면, 네 첫돌이었을 텐데……."

무슨 말을 하려는 것인지 알 수가 없었다. 작정하고 입을 연 것 같은데, 아직은 아버지의 마음속을 들여다볼 수가 없었다. 세후는 말없이 아버지를 쳐다보며 기다렸다. 아버지는 긴 숨을 내쉬고는 다시 말을 이었다.

"난리가 끝나 갈 무렵, 나 말고도 수많은 사기장이 강제로 왜선에 태워졌지. 아니, 그뿐이 아니었단다. 멀쩡히 길 가다가 붙들려 온 선비도 있었고, 밭을 매다가 끌려온 농부도 있었어. 어떤 아낙은 우물물 긷다가, 어떤 아이들은 개울가에서 멱 감다가, 아기들은 엄마 등에 업힌 채로 강제로 끌려가 왜선에 태워졌지. 그들은 이 왜나라 땅으로 끌려와 대부분이 왜인들의 종이 되거나, 어떤 사람들은 서양 오랑캐의 노예로 팔려 갔단다. 물론 안 가려고 반항하는 사람들은 왜병들이 그 자리에서 죽였지."

"……!"

"네 엄마는, 어쩌다가 가슴병에 걸려 기침이 심했는데, 그날따라 유독 심하다 싶었어. 그런데 객혈*까지 하더구나. 그걸 일본군 병사가 보고 말았지. 그게 다른 사람에게 옮을지도 모른다고 떼어 놓더니, 네 누나가 보는 데서 결국엔 바다에……."

"네에?"

세후는 깜짝 놀라 소리쳤다. 아버지가 지금 무슨 말을 하고 있는 건지는 알 수 없었지만, 낯선 장면이 상상이 되어 등골이 오싹했다.

아버지는 주먹을 쥔 채 부르르 떨었다. 손에 쥔 감자가 으깨져서 손가락 사이로 삐져나오는 게 보였다. 이어 아버지는 저편에서 감자를 우걱우걱 씹어 먹는 료헤이에게 눈을 돌리더니, 어금니를 꽉 깨물고 노려보았다. 세후는 그때까지 아버지가 무슨 말을 하는지

● 폐병으로 인해 기침하며 피를 토하는 것.

여전히 이해할 수가 없었다. 실감이 나지 않았다. 정말 나를 낳아 준 엄마가 조선 사람이었다고요? 그 질문만 입안에서 맴돌 뿐이었다.

아버지는 숨을 몰아쉰 다음, 다시 입을 열었다.

"그 일 때문에 네 누나가 정신줄을 놓았단다."

그렇게 말하고 아버지는 하늘을 보았다. 빽빽한 나무들 때문에 하늘빛이 보이지는 않았지만, 파란빛이 점처럼 언뜻언뜻 보이는 듯도 했다.

세후는 가만히 있었다. 가슴이 많이 두근거렸고, 머릿속이 아주 복잡했다. 누군가 강제로 끌려가는 모습, 배 위에 탄 사람들이 보이는 듯했고, 그들의 비명 소리까지 들리는 것 같았다.

그러고 있을 때, 아버지가 방금 전까지와는 다른 어조로 말했다.

"네 엄마는 그림을 잘 그렸단다. 아비보다 나으면 나았지 덜하지는 않았을 게야. 네 누나가 꼭 네 엄마를 닮았지."

"네?"

"네 누나가 왜 복사꽃을 자꾸만 그리는지 아느냐?"

세후는 아버지를 빤히 쳐다보기만 했다. 아버지는 쓸쓸한 미소로 세후를 마주 보았다. 그리고 말을 이었다.

"복숭아가 폐에 좋다고 의원이 그러더구나. 그래서 그해에 복숭아를 참 많이 먹었지. 뒷마당에 두 그루나 심어져 있었거든. 하긴 네 엄마는 꼭 그 이유가 아니래도, 제일 좋아하던 꽃도 복사꽃이었단다. 아마 그래서 네 엄마가 도자기에 그렇게 복사꽃을 많이 그렸나

보구나."

누나가 생각났다. 엄마가 복사꽃을 좋아했다고 우겨 대던 게 그럼……? 아, 그렇구나! 누나가 바다만 쳐다보면 엄마가 거기에 있다고 한 것도? 그럼, 아버지의 말이 사실이란 말인가?

그러나 세후는 금세 고개를 저었다. 절대 그럴 리 없다고 생각했다. 세후는 아버지 얼굴을 빤히 쳐다보았다. 그것을 느꼈는지 아버지가 돌아보았다. 눈이 마주쳤다.

바로 그 순간, 생각지도 못한 말이 튀어나왔다.

"아니에요. 엄마는……."

"그래. 지금 집에 있는 네 엄마도 고마운 사람이다."

"고마운 사람이라니요?"

세후는 반사적으로 되물었다. 아버지의 말투가 마치 생판 모르는 사람을 두고 하는 말 같아서였다.

"여기 오고 나서 처음에는 동냥젖을 먹여 너를 키웠단다. 하지만 그것도 하루 이틀이지, 너와 네 누나를 돌보는 일이 아비에게는 정말로 어렵더구나. 그때, 다마쿠라 장군이 네 엄마를 보내 주셨단다."

"다마쿠라 장군이요?"

"그래. 네 엄마가 처음엔 와서 그러더구나. 장군께서 이곳에 와서 심부름이나 하라고 했다고. 이야기를 들어 보니, 네 엄마도 난리 통에 부모와 형제를 다 잃고 홀로 남았더구나. 임진왜란이 일어나기 전, 토요토미 히데요시란 자가 일본을 다시 통일할 때 수많은 무사가 서로 싸우고 죽이는 난리를 겪었나 본데, 그때 그만…… 그래서 나는 그러려니 하고 아랫방을 내주었단다. 그런데 다마쿠라 장군이 네 엄마와 혼인하라더구나. 왜 그랬는지 아느냐?"

"네?"

"네 엄마는 나를 감시하러 왔던 것이야."

"서, 설마요!"

"그래도 어쩔 수 없었단다. 너와 네 누이를 살려야 했으니까. 게다가 겉으로 보기에 다마쿠라 장군이 양녀처럼 키우던 처녀를 조선인 사기장에게 시집보낸다는 건, 내가 아주 특별한 대접을 받고 있다는 뜻이기도 했지. 어쨌든 너희를 보니 살아야겠다는 생각이 들더구나."

아, 그래서 고라이마치 아이들이 어릴 때부터 친구로 놀아 준 적이 없었던 것인가? 놀아주기는커녕, 따돌리기 일쑤였지? 뜬금없이 그 생각이 스치자 세후는 입안이 몹시 썼다.

"그렇다고 네 엄마가 나쁜 사람이라거나, 그런 뜻은 아니란다. 아비를 감시하면서도 네 엄마는 너를 친자식처럼 키워 줬으니까. 고맙지, 아주 고맙지! 너도 그랬지만, 세영이도 잘 따랐으니까. 그래서 고라이마치의 다른 조선 사람들이 손가락질을 해도 나에게는 소중한 사람이었단다. 너희에게도 그랬듯이 말이다."

뒷말은 귀에 들어오지 않았다. 아버지의 말은 결국, 지금 엄마가 친엄마가 아니라는 뜻이지 않은가. 그걸 믿으라고? 세후는 자신도 모르게 도리질을 쳤다.

엄청나게 많은 생각들이 한꺼번에 머릿속에서 폭풍처럼 휘몰아쳤다.

'내가 조선에서 태어났다고? 친엄마를 왜군이 바닷속으로 던져? 그래서 누나가 그 충격으로 머리가 이상해졌고? 이게 말이 돼? 아니야! 절대 그럴 리 없어!'

세후는 다시 한 번 힘 있게 고개를 저었다.

갑자기 엄마가 보고 싶었다. 이유를 알 수는 없었지만 눈물이 나려고 했다. 그래서 어금니를 문 채 참고 있는데 아버지가 다시 입을 열었다.

"이번에도 네 엄마는 나를 살렸다. 네 엄마가 아니었으면 난 죽었을 게야."

세후는 자신도 모르게 고개를 끄덕였다.

아버지는 잠시 입을 닫았다. 긴 숨을 여러 번 내쉬더니 손안에서 으깨진 감자를 입에 넣었다. 그러고는 우물거리며 먹기 시작했다.

"그리고 네게도 고맙다."

갑작스러운 아버지의 말에 세후는 뜨악한 표정으로 아버지를 쳐다보았다.

"그 아이 말이다. 나츠카라던가? 다마쿠라 장군의 손녀라고 했더냐? 네가 그 아이의 목숨을 구해 줬다고?"

"그건······."

"다마쿠라 장군이 그 아이의 말을 듣고, 네 엄마가 가져온 찻잔을 보더니 마음을 푸셨다."

세후는 가슴이 먹먹해졌다. 세후는 아무 말도 할 수가 없었다.

"가자!"

아침에 그랬던 것처럼 아버지는 벌떡 일어나더니 말했다. 그러고는 서둘러 좁은 숲길을 오르기 시작했다.

여우재 꼭대기가 가까워질 때까지 세후는 아무 말도 하지 않았다. 아버지도 더 이상 입을 열지 않았다. 어쩌면 아버지는 생각할 시간을 주는 것 같았다. 당신이 한 말을 충분히 곱씹으라고 그러는 듯했다. 그래서 세후는 끊임없이 아버지가 한 말들을 반복해서 되뇌었다. 하지만 시간이 지날수록 그 말들은 더 믿기지 않았다.

그때쯤, 여우재 꼭대기가 바라다보였다. 그런데 그곳에서 아버지는 별안간 바위투성이 비탈을 내려가기 시작했다.

"센세이! 여기는 길이 없습니다."

세후보다 먼저 료헤이가 외쳤다. 하지만 아버지는 아무런 대꾸도 하지 않았다. 나무뿌리와 튀어나온 돌부리를 잡고 조심스럽게 아래로 내려갔다. 비탈이 심해서 조금만 실수하면 영락없이 굴러떨어질 판이었다.

"조심하거라!"

아버지는 세후에게 말하고는 앞서 비탈을 내려갔다. 료헤이도 하는 수 없이 아버지를 따라 내려왔다.

다행히 비탈은 길지 않았다. 잔돌이 후드득 굴러떨어지는 비탈을 다 내려온 아버지는 키 작은 나무들이 촘촘히 자라 있는 둔덕으로 나섰다. 이어 열댓 걸음 더 걷다가 멈추어 두리번거리더니 이름 모를 넝쿨 속을 쑤셔 댔다. 그 속에서 아버지는 곡괭이와 호미 두 자루를 찾아냈다.

"저쪽을 파 보거라!"

아버지는 뜯어진 나무 이파리로 뒤덮인 곳을 가리켰다. 세후는 성큼성큼 걸어가 이파리를 걷어 냈다. 그러자 꽤 오래된 듯했지만, 누군가 땅을 팠던 구덩이 흔적이 나타났다. 세후는 힘 있게 곡괭이질을 했다. 손끝에 닿는 느낌이 묵직했다. 돌도 아니었고, 모래도 아니었다. 이상한 생각이 들었다. 세후는 곡괭이를 던져두고 구덩이 아래로 몸을 숙였다. 흙을 만져 보았다.

"아버지, 이건……."

"그래, 백자토다!"

"그, 그럼 백자토를 찾으신 거예요?"

"꼭 2년쯤 된 것 같구나!"

"네? 그런데 어찌 말씀을 안 하셨어요?"

아버지는 대꾸하지 않았다.

료헤이가 고개를 갸웃거렸다. 그는 다가와 구덩이의 흙을 만지작거리더니 일본어로 물었다.

"센세이, 무슨 흙입니까?"

"백자토일세."

"그건 백자기를 굽는 흙이 아닙니까? 이곳이 다 백자토입니까?"

아버지는 고개를 끄덕였다.

그러나 두 사람의 대화를 들으며 세후는 갸웃거렸다.

'2년이라니? 백자토를 발견했으면서도 아무 말도 하지 않고 가만히 있었단 말인가? 정말로 아버지는 일본인들을 위해서는 그릇을 빚지 않을 셈이었구나. 하지만 왜?'

그래서 세후는 다시 물었다.

"그동안 왜 숨기셨어요?"

"내가 무엇 때문에 왜놈들을 위해 백자기를 빚어야 한단 말이냐? 아무리 좋은 그릇을 빚어도 그게 모두 왜인들의 것이 될 텐데 말이다."

"그럼 이제 와 왜 다시 오신 거예요?"

"네가 배워야 할 것 아니냐?"

"제가요?"

"그래, 내가 말하지 않았느냐? 넌 타고난 사기장이다. 어쩌면 나보다 더!"

아버지는 무슨 말을 하고 싶은 걸까? 세후는 말없이 아버지를 쳐다보았다. 아버지는 깊게 숨을 들이쉬더니 말을 이었다.

"시간이 없으니 별수 없지 않겠느냐?"

"시간이 없다니요?"

"그런 줄만 알고 있거라."

"혹시 이걸 빚으면 다마쿠라 장군이 조선으로 보내 준다고 했나요?"

얼결에 그렇게 묻고 말았다.

"아니다, 난 가지 않는다. 이제 가려면 네가 가야지."

"아버지!"

"우선 이곳저곳을 파 보거라. 저 아래도 내려가서 파 보고. 료헤이, 당신은 저 위에 가서 같은 흙이 나오는지 파 보시오. 서두르거라. 해 지기 전에는 내려가야지. 오늘 판 흙으로 백자기를 구워 봐야겠다."

알 수 없었다. 아버지가 도대체 무슨 생각을 하고 있는 것인지.

그래도 네가 좋아

어수선산란했던 각령 안팎이 비로소 차분해졌다. 다마쿠라가 보낸 일꾼들이 여우재에서 퍼 온 백자토를 날라 각령 밖에 쌓느라 아침부터 옥시글거린 탓이었다. 그들은 아버지가 시키는 대로 흙을 곳곳에 덩이덩이 쌓고 수비를 하느라 바쁘게 뛰어다녔다.

그 일이 얼추 끝난 것이 점심 새참을 먹을 때쯤이었다. 비로소 세후는 잘 다져진 흙덩이를 물레 위에 올려놓고 그 앞에 앉았다.

물레 위에서 돌기 시작한 흙덩이는, 세후가 놀리는 손길에 따라 금세 대병의 모양새를 갖추었다. 그러나 손길이 병의 어깨와 모가지에 이를 때쯤, 세후는 이전처럼 또 손을 파르르 떨었다. 그러는 바람에 배가 들어가고 허리가 삐뚤어지는가 싶더니, 금방 병 모양이 쭈그러졌다. 이어 대병은 순식간에 모가지를 꺾고 주저앉았다.

물레에서 발을 떼자 물레 위에는 아무렇게나 뭉쳐 놓은 진흙 덩이가 사납게 돌다가 멈추었다.

도무지 나다분한 머릿속이 추슬러지지 않았다. 자꾸만 누나의 말이 생각났다.

"누나, 엄마가 정말 바다에 빠졌어?" 여우재에 다녀오던 다음 날 저녁, 세후는 누나를 사립문 밖으로 불러내 물었다. 그러자 누나는 단박에 몸을 움츠렸다. "바, 바다에…… 왜, 왜군이 더, 던졌어. 꺼내 달라고 했는데, 안 꺼내 줬어! 나빠!"

더듬고 나더니, 누나는 울었다. 세후는 누나를 달래느라 한참을 애먹었다. 그럼에도 꼭 확인해야겠기에 꺽꺽거리는 누나에게 "그 엄마가 나도 낳았어?" 하고 물었다. 누나는 고개를 끄덕였다. "엄마 가 세후 낳았어. 세후는 쪼그맣고 예뻤어. 얼굴이 하얬어."

누나는 말을 마치고 눈물이 가득 고인 눈을 동그랗게 떴다. 그런 누나의 표정에 세후는 그만 할 말을 잃고 말았다.

더 이상 확인할 게 없었다.

그동안 누나가 했던 말들과 아버지의 말들은 어느 한 군데 어긋 남이 없이 아귀가 딱딱 맞아떨어졌다. 누나가 바다를 보면서 엄마 를 찾았던 것도, 엄마가 복사꽃을 좋아한다고 했던 것도, 누나가 일 본 병사만 보면 바들바들 떨던 이유까지 이제 이해가 되었다.

'결국 난 아무것도 아니구나! 아버지 말대로, 하찮은 손재주 하 나라도 없으면 언제 죽을지 모르는 조선인일 뿐이구나! 맞아! 그 게 바로 나였어! 나는 사기장 외에 그 무엇도 되어서는 안 되는 거였 어.'

그런 생각이 들자 가슴이 답답해서 견딜 수가 없었다. 손인들 제

대로 놀려질 리 없었다. 세후는 벌떡 일어났다. 하지만 그 순간, 아 버지가 각령 안으로 들어섰다.

"아직도 이 모양이냐? 오늘 모두 몇 개를 빚었느냐?"

세후는 일어나, 대답 대신 옆자리를 쳐다보았다. 고작 대병 열댓 개가 놓여 있을 뿐이었다.

"앉거라!"

세후는 다시 앉았다. 그러자 아버지는 허리춤에서 주섬주섬 무 언가를 꺼냈다.

"이게 뭔지 아느냐?"

사금파리였다. 손에 여러 개가 들려 있었는데, 제일 먼저 내보인 것은 청자 조각이었다. 세후는 대꾸하지 않고 아버지를 빤히 쳐다 보았다. 그러자 아버지는 고개를 끄덕이며 말했다.

"그래. 이곳으로 끌려올 때 서둘러 주워 담은 그릇 중 하나였다. 지난봄 히라도 포구에 가다가 넘어지는 바람에 깨어진 그 그릇의 사금파리지."

"……?"

이번에도 말없이 아버지와 사금파리를 번갈아 쳐다보기만 했다.

"내가 살던 웅천의 앞바다가 이런 쪽빛이었단다."

"네?"

"이게 바로 조선의 바다란다! 그리고 이것!"

조선의 바다. 그 말을 되씹을 틈도 없이, 아버지는 또 다른 사금파리를 내밀었다. 이번에는 막사발 조각이었다.

"이게 바로 조선의 땅이다!"

그리고 마지막 하나는 백자기였다. 아버지는 가슴에 손을 얹고 말했다.

"여기엔 조선 사람들의 마음이 담겨 있다."

세후는 사금파리 조각들을 하나씩 다시 보고는 집어 들었다. 솔직히 아버지의 말이 가슴에 와 닿지 않았다. 아니, 아버지의 말이 얼른 이해가 되지 않았다. 조선의 바다, 조선의 땅, 조선 사람들의 마음! 입속으로 중얼거리고 다시 아버지를 쳐다보았다.

"사기장은 그저 그릇을 만드는 게 아니라, 물과 흙과 나무와 불로 조선을 빚는 것이니라! 네가 만드는 그릇은 그래야 한다! 알겠지?"

알 듯도 모를 듯도 한 말이었다. 만드는 게 아니라, 조선을 빚는다? 세후는 다시 한 번 되새기면서 얼결에 고개를 끄덕였다.

그러자 아버지가 씩 웃더니 말했다.

"가슴에 품고 있거라!"

아버지는 사금파리 조각을 세후의 손에 쥐여 주었다. 세후는 그것을 허리춤에 넣었다.

"접시를 빚거라!"

그러더니 아버지는 흙덩이를 물레에 얹었다.

"네? 접시는 갑자기 왜?"

접시는 물레 앞에 앉아 처음 빚었던 그릇이었다. 물레의 첫 감각을 익힐 때, 수도 없이 반복해서 빚던 것이 접시였다. 하지만 세후가 갸웃거리는데도 아버지는 턱을 한 번 까딱거릴 뿐이었다. '어서 하거라!' 하는 뜻이었다.

세후는 물레의 발판을 굴렸다. 물레가 돌기 시작했다. 세후는 크게 숨을 내쉰 다음 주먹을 쥐었다 폈다, 서너 번 반복했다.

"접시 성형을 할 때 가장 먼저 해야 할 게 무엇이라고 했느냐?"

"일단 만들어야 할 접시의 크기를 가늠해 적당한 굵기로 중심 잡기를 해야 한다고 하셨습니다."

"시작하거라!"

아버지가 보고 있어서 그런가, 적잖이 긴장이 되었다. 처음 물레에 앉아 아버지에게 배울 때보다 더 가슴이 뛰었다.

세후는 양손으로 빠르게 돌아가는 흙덩이를 만지며 중심을 잡았다. 손으로 위아래를 쓸어 주자 흙덩이는 금세 둥근 모양이 되었다. 세후는 얼른 엄지손가락으로 흙의 윗부분을 살짝 힘주어 누르면서 동시에 나머지 손가락으로는 자연스럽게 아랫부분을 감싸 쥐었다. 그러자 흙이 넓게 펴지면서 서서히 접시 모양이 되어 갔다.

그때 아버지가 나섰다.

"접시는 지금이 중요하다. 왼손의 검지와 중지, 그리고 약지를 바깥쪽에 대거라. 이때 중지와 엄지는 접시의 두께를 가늠해야 한다. 그 감각을 익혀야 해. 하루에 1,000개를 빚는다고 해도 그 두께가 일정해야 한다. 알겠지? 그건 모든 그릇을 빚을 때도 마찬가지다. 명심하여라!"

"……."

대답도, 고개도 끄덕이지 않았다. 그냥 입속으로만 네, 하고 말았다. 숨까지 멈춘 탓에 입술이 움직이지 않았다. 그사이, 흙은 접시 모양을 갖추어 갔다.

"자, 이제 물레 속도를 줄이고, 접시 테두리의 거친 면을 창칼로 잘라 내거라!"

그런데 아버지가 내민 것은 창칼이 아니라 가리새였다. 가리새로도 할 수 없는 건 아니었지만, 그건 주로 상감을 할 때 쓰곤 했다.

"아버지, 그건 가리새입니다."

"아! 이런! 여, 여기에……."

무슨 일인지 아버지는 이것저것을 집었다가 놓았다가 했다. 창칼과 송곳, 바늘, 예새, 파냄 칼까지 뒤섞여 있긴 했지만, 그렇다고 그것을 한 번에 집어내지 못하는 게 이상했다. 아버지는 예새와 파냄 칼을 들었다가 놓은 다음에야 창칼을 집어 주었다.

세후는 그것으로 테두리를 정교하게 다듬고 손에 물을 묻혀 자른 자국을 살짝 문질러 주었다. 그런 다음, 이번에는 자름 실을 양손에 팽팽하게 쥐고 접시 아래쪽을 잘라 냈다. 잔손불림이 심한 일이고, 그만큼 세심한 손길이 필요했다. 세후는 마지막으로 그것을 건조대 위로 옮겨 놓았다.

아버지는 그것을 보고는 고개를 끄덕였다. 그러더니 말했다.

"너는 영락없이 사기장의 피를 물려받았다."

"네?"

"내가 네 나이에, 할아버지께 배울 때보다 훨씬 솜씨가 낫구나."

칭찬이 틀림없었지만, 어색했다. 요즘 들어 부쩍 잦아진 아버지의 칭찬이 자꾸만 부담스러웠다. 더구나 지금은 그 흔한 접시 하나를 빚었을 뿐이지 않은가. 그래서 그 칭찬이 그리 기쁘지만은 않았다. 오히려 그다음에 나온 말 때문에 가슴이 저릿거렸다.

"이젠 내가 없어도 충분히 잘할 수 있겠구나."

"네? 무슨 말씀이세요?"

"아니다! 다시 해 보거라!"

세후는 다시 작은 흙덩이를 물레 위에 올려놓고는 방금 전과 똑같은 방법으로 접시를 만들었다. 그렇게 다섯 번을 반복했다.

"이번에는 사발을 해 보자."

"아버지……."

사발 정도는 이제 얼마든지 잘 빚을 수가 있어요. 그 말을 하고 싶었다. 그러나 말을 채 뱉어 내기도 전에 아버지가 말을 잘랐다.

"시간이 없다. 어서!"

"네?"

무슨 말인가 싶어서 아버지를 쳐다보았다. 그러나 아버지는 고개를 끄덕여 보였다. 진지한 아버지의 표정에 차마 더 이상 묻지 못한 채, 세후는 흙덩이를 다시 물레 위에 올려놓았다. 그러고서 다리에 힘을 주어 물레를 돌렸다.

세후는 흙을 둥글고 기다란 모양이 되게 한 다음, 양쪽 엄지손가락을 흙기둥 중간에 넣었다. 그러자 흙덩이 한가운데가 움푹 파였다. 금세 사발 모양이 나왔다. 그때 아버지가 말했다.

"지금부터가 중요하다는 건 알고 있지? 바닥 한가운데서부터 바깥쪽으로 손가락을 놀리되, 힘을 주는 강도는 처음과 나중이 조금씩 달라야 한다는 것 말이다."

세후는 대꾸하지 않았다. 딱히 무어라 할 말이 생각나지 않았다.

세후는 또 그렇게 사발 열댓 개를 빚었다.

그런 다음에는 호로병을 열댓 개 빚었고, 목이 긴 주병까지 또 열댓 개를 빚었다. 이마에 땀이 송골송골 맺혔고 다리가 뻑뻑했다.

세후는 자리에서 일어났다. 잔뜩 긴장을 해서 그런지 어깨까지 뻐근했다. 아버지에게 조금 쉬었다가 하자고 말할 참이었다.

그런데 엄마가 각령으로 건너오는 모습이 보였다.

"세후야! 이것 좀 먹고 해."

엄마의 손에는 소쿠리가 들려 있었다. 누나가 그 뒤를 따라 사과 바구니를 들고 왔다. 그러지 않아도 출출한 참이었다.

"이리 와서 앉아."

한쪽에 둘둘 말려 있던 멍석을 펼치며 엄마가 말했다.

"아, 아니요. 저는 괜찮아요."

"그러지 말고 이리 와 앉아. 엄마가 계란 까 줄게. 어서! 점심도 먹는 둥 마는 둥 했잖아. 아침도 뜨다 말았고."

"아, 아니에요. 그냥 저는 바람 좀 쐬고 올게요."

세후는 엄마를 쳐다보지 않고 대꾸했다. 그러고는 얼른 문 쪽으로 향했다. 하지만 곧 엄마가 쫓아왔다.

"세후야! 엄마가 잘못했어."

세후는 그제야 팔을 붙잡고 선 엄마를 쳐다보았다. 그새 엄마의 눈에 눈물이 맺혀 있었다. 세후는 얼른 고개를 돌렸다.

사실 엄마가 잘못한 건 조금도 없다. 엄마를 마주 보지 못하는 세후가 잘못이라면 잘못이었다.

새엄마라는 사실을 알고 난 뒤부터 세후는 엄마의 얼굴을 마주 보는 게 낯설었다. 그건 어쩌면 마음을 정리하지 못해서일 것이다.

'엄마인 줄 알았는데, 엄마가 아니었어. 나를 낳아 준 엄마는 죽었어. 일본 사람들한테. 그런데 어떻게 일본 사람한테 엄마라고 불러? 하지만 그분은 나를 진짜 자식처럼 돌보아 주셨어. 그럼 엄마 아닌가? 내가 아플 때는 잠도 안 자고 옆을 지켜 주셨고, 나보다 나를 더 아끼셨어. 그런 엄마가 어딨어? 하지만 그럼 억울하게 죽은 엄마는? 일본군이 바다에 던졌다잖아. 우리 엄마를! 그 엄마한테 너무 미안하잖아. 난 그것도 모르고 그분이 엄마인 줄 알고 그분만 좋아했는데. 그러는 걸 친엄마가 알았으면 얼마나 슬퍼하셨을까?'

그런 생각들로 잠을 이루지 못했다. 더구나 새엄마 얼굴을 마주

할 때면, 한 번도 본 적이 없는 친엄마 얼굴이 그 얼굴 뒤에서 어른거렸다. 그래서 더더욱 새엄마를 마주할 수가 없었다.

"세후야!"

말없이 돌아서자 엄마는 나지막한 소리로 불렀다. 그 목소리가 젖어 있어서 세후는 잠깐 멈칫거렸다. 그러나 돌아보지 않고 집을 나섰다.

해가 지는 서쪽으로 방향을 잡았다. 하지만 채 몇 걸음 걷기도 전에 멈추어 서야 했다. 집 안팎을 지키는 병사 때문은 아니었다.

나츠카가 있었다. 마치 세후가 나오기를 기다렸다는 듯 나츠카는 길 한쪽에 가만히 서 있었다. 하지만 세후는 무엇을 어떻게 해야 할지 몰라 그냥 선 채로 나츠카를 쳐다보기만 했다. 청색 호소나가를 입은 나츠카는, 여느 때보다 예뻐 보였다.

웃어 주고 싶었지만, 뜻대로 되지 않았다. 한 마디라도 꺼내고 싶었지만, 그것 역시 어려웠다. 아버지를 돌려보내 주어서 고맙다고 해야 하나? 아니면, 왜 왔느냐고 물어야 할까? 세후는 침만 꿀꺽 삼킬 뿐 아무 말도 하지 못했다.

그렇게 시간이 흘렀다. 사발 한두 개를 빚을 만큼의 시간? 그때, 문득 생각난 것이 있었다.

"자, 잠깐만 기다려!"

세후는 그렇게 말하고 다시 집으로 뛰어 들어갔다. 재빨리 헛간으로 가 한쪽 구석에 보자기로 싸 놓은 것을 들고 나왔다.

"이거……. 그때, 네가 만들던 거야."

세후는 보자기째 건네주었다. 나츠카는 그것을 받아 들었다. 그러고는 쭈그리고 앉아 보자기를 펼쳤다. 호로병이었다. 물론 나츠카가 물레로 돌리던 것은 아버지가 쭈그러뜨렸고, 세후가 다시 만든 것이었다.

"예뻐! 너무나 예뻐!"

세후는 고개를 끄덕였다.

"다행이야. 그리고 이건……?"

나츠카가 고양이를 들어 보였다. 엄마가 세후에게 구워 준 것과 비슷한 고양이였다. 세후는 고개를 끄덕였다. 그러자 나츠카가 흰 이를 드러내며 웃었다. 세후도 따라서 웃었다.

하지만 세후는 곧 웃음을 거두고 말했다.

"이제 그만 돌아가!"

그러자 나츠카도 웃음기를 거두었다. 세후는 그런 나츠카의 뽀얀 얼굴을 한 번 더 쳐다보았다.

'잘 가, 나츠카!'

속으로 중얼거리고 세후는 걸어갔다. 나츠카를 지나쳐 해 지는 쪽으로 발걸음을 옮겼다. 주먹을 꽉 쥐었다.

그런데 발걸음 소리가 들렸다. 잠깐 걸음을 멈추자 소리도 멈추었다. 다시 걸음을 떼자 뒤를 따라오는 발자국 소리가 또 들렸다. 세후는 뒤를 돌아보았다. 나츠카가 보자기를 품에 끌어안은 채 따라

오고 있었다.

세후는 나츠카를 쳐다보며 고개를 젓고는 다시 돌아서서 걸었다. 조금 빨리 걸었다. 하지만 여전히 뒤를 따라오는 나츠카의 발자국 소리가 들려왔다. 더 빨리 걸었지만 나츠카가 뒤따르는 소리는 멈추지 않았다.

그렇게 조금 더 걷고 나서 멈추었다. 세후는 돌아서서 따라오던 나츠카에게 되돌아갔다.

세후는 차분한 목소리로 말했다.

"나츠카! 나는 조선인이야!"

왜일까? 세후의 말에도 나츠카는 표정의 변화가 없었다. 그래서 뭐? 마치 그런 얼굴이었다.

"내 말 알아들었어? 나는 조선인이야. 일본 사람의 피가 단 한 방울도 섞이지 않은, 말 그대로 조선인이라고!"

"……"

"나츠카! 내 말이 무슨 말인지 모르겠어? 난 조선인이고, 언젠가 조선으로 돌아갈 거야."

순간, 세후는 제 말에 깜짝 놀랐다. 얼결에 꺼낸 말이었지만 뒷말을 하고 나서 제풀에 뒷목이 서늘해졌다. 아버지가 시도 때도 없이 했던 말. 아니, 이제는 나더러 조선에 가야 한댔지. 그래, 그건 그다지 이상한 말이 아니었다.

'나는 결국 조선인이니까!'

세후는 혼자 생각하고는 고개를 끄덕였다. 솔직히 그런 자신이 조금 우스웠다. 사무라이가 되겠다고 목검을 휘둘러 댈 때는 언제고, 이제는 조선으로 돌아가야 한다니. 조선인이라니!

'아, 그러고 보니 고라이마치의 아이들이 얼마나 비웃었을까? 억수는 내가 얼마나 가소로워 보였을까? 애초에 터무니없는 짓을 해 대고 있는 내가 얼마나 바보스럽게 생각되었을까?'

세후는 입술을 깨물었다. 지금이라도 당장 쥐구멍으로 숨고 싶었다. 얼굴이 붉게 달아오르는 듯했다. 그런 모습을 들키지 않으려고 세후는 나츠카에게서 고개를 돌렸다.

그러다가 한참 만에 나츠카를 쳐다봤을 때, 마치 기다렸다는 듯 나츠카가 입을 열었다.

"네 잘못 아니잖아!"

"……?"

"네가 조선인인데 여기에 와 있는 것, 네 엄마가 일본 사람인 것. 모두 네 잘못 아니잖아!"

그 맑고 밝은 눈에 눈물이 가득 고여 있었다. 세후가 대꾸하지 못하고 바라보는 사이, 그 눈물이 붉은 뺨을 타고 흘러내렸다. 그래서 더 대꾸할 수가 없었다.

"나, 아니, 우리 일본 사람들이 싫어? 그래서 나도 미워하는 거야? 맞아?"

눈물을 닦지 않은 채, 나츠카가 연거푸 물었다.

이번에도 세후는 대꾸할 수가 없었다. 일본 사람들이 우리 엄마를 죽였어. 저 바다에 던져 버렸어. 그런데 어떻게 미워하지 않을 수가 있어? 그 말이 목구멍에서 꿈틀댔다. 하지만 차마 꺼내 놓지 못했다.

'나츠카, 너를 미워하지는 않아. 아니, 미워할 수 없어!'

그런 세후의 마음을 읽은 것일까?

"나는 네가 좋은데! 도공이라서 좋고, 헤엄을 잘 쳐서 좋고, 힘이 세서 좋고, 다 좋은데. 그런데 조선인인 게 뭐 어쨌다고?"

나츠카가 칭얼대듯 말했다. 그래 놓고는 이마를 잔뜩 찡그렸다. 그 모습마저 예뻤다. 세후는 얼결에 두어 걸음 그 앞으로 내딛고 말았다. 문득 다리에 힘을 주고 멈추지 않았더라면 한달음에 다가가 손이라도 잡을 뻔했다.

세후는 짧게 대꾸했다.

"그렇지만 나는 너와 같은 일본 사람이 아니야!"

"고노시레모노(바보 같은 녀석)! 그게 뭐? 그게 어쨌다는 거야?"

나름 애써 생각해서 한 말인데, 나츠카는 소리를 높였다. 그 말에 세후는 당황했다. 그래서 한동안 나츠카를 멍하니 쳐다보기만 했다. 나츠카도 큰 눈을 깜빡이며 마주 보았다. 그 사이를 눅눅한 바람이 훑고 지나갔다.

나츠카는 뺨으로 흘러내린 눈물을 한번 훔쳐 내고 말을 이었다.

"말도 안 되는 건 알지만, 우리 할아버지를 대신해서 내가……

내가 미안해! 그래서 내가 밉다면 그냥 돌아갈게."

나츠카는 고개를 숙였다. 그러더니 잠시 후 등을 돌렸다. 세후는 달려가 붙잡고 싶었다. 나도 너 많이 좋아한다고, 네가 세상에서 제일 좋다고, 그렇게 말하고 싶었다. 하지만 그러지 못했다. 그냥 햇살이 내려 파르르 떨고 있는 나츠카의 좁은 어깨를 바라볼 뿐이었다.

이윽고 나츠카는 왔던 길로 되돌아가기 시작했다.

"나츠카!"

입 밖으로 소리를 내긴 했지만, 세후 자신의 귓가에도 잘 들리지 않을 만큼 작은 소리였다. 그런데 그 소리를 들은 걸까? 네댓 걸음 걷던 나츠카가 걸음을 멈추고 돌아서더니 말했다.

"난 네가 빚는 아름다운 도자기만 기억할 거야."

그러고는 다시 돌아섰다. 세후는 두어 걸음 쫓아가다가 그만두었다. 그리고 입속으로, 나츠카에게 말했다.

'난 네 모습, 하나도 빠뜨리지 않고 모두 기억할 거야! 네 흰 얼굴, 붉은 입술, 넓은 이마와 새까만 머리카락, 그리고 네 머리 위로 흩날리던 꽃비까지.'

집으로 돌아왔을 때, 엄마와 누나는 보이지 않았다. 아버지는 건조대 앞을 서성대고 있었다. 작은 사발 여러 개와 물동이, 붓을 늘어놓은 것으로 보아 초벌구이를 한 그릇에 그림을 그리고 있었던 듯했다. 이미 몇 개는 완성한 듯, 건조대 한쪽에 갓 그림을 그려 넣은 듯한 꽃병 몇 개가 가지런히 놓여 있었다.

그런데 이상했다. 아버지 앞에 호로병 하나가 놓여 있었는데, 연신 그것을 만지작거리고 있었다. 그러느라 손에 묻은 물감이 호로병에 묻어났다. 그걸 모르지 않을 텐데 아버지는 어쩔 생각인가.

마침내 안 되겠다 싶었는지 아버지는 붓 하나를 집어 들어 다시 그림을 그리기 시작했다. 그런데 왜일까? 나뭇가지에 붙어 있어야 할 꽃이 엉뚱한 곳에 그려졌다. 일부러 그러는 걸까? 먼저 꽃을 그리고 나뭇가지를 나중에 그리려는 걸까? 한편으로는 그럴 수 있겠다 싶었지만 그 위치가 너무나 엉뚱했다.

세후는 천천히 한 걸음 더 다가섰다.

그때, 한 손에 붓을 쥔 아버지가 나머지 한손으로 허공을 휘저었다. 마치 앞이 안 보이는 사람처럼. 그러다가 마침내 앞에 서 있던 호로병을 툭 건드리고 말았다. 호로병이 쓰러져 옆으로 구르더니 바닥에 떨어졌다. 픽 소리와 함께 호로병은 산산조각이 났다.

"아버지!"

세후는 소리치며 달려갔다.

그런데 아버지는 호로병이 깨지는 소리에 벌떡 일어나 건조대 위를 더듬다가 깨진 호로병을 밟으며 넘어졌다. 하필이면 그림을 그려두었던 그릇 쪽으로 쓰러지는 바람에 그릇들이 연이어 쓰러졌고, 또 몇 개는 바닥으로 떨어져 깨졌다.

"아버지, 왜 그러세요?"

세후는 달려가 비틀거리는 아버지를 붙잡았다.

"어디 갔느냐? 호로병. 그건 다마쿠라 장군께 직접 전해 드리려고 정성을 들이고 있던 건데. 어디 있느냐?"

아버지는 손으로 이리저리 더듬었다. 눈동자에 초점이 없었다. 시선을 먼 하늘에 둔 채 손은 세후의 앞섶을 더듬고 있었다.

그제야 세후는 아버지가 앞을 보지 못한다는 것을 알아차렸다.

"아버지, 왜 그러세요?"

"나, 난 신경 쓸 거 없다. 호로병이 깨졌느냐?"

"네, 아버지."

"괜찮다, 하나쯤은……. 그리고 나도 괜찮아. 잠시 어지러워서 그랬다."

하지만 아버지의 숨은 거칠었고, 목소리도 떨렸다. 억지로라도 침착하려는 듯 주먹을 불끈 쥐어 보였다.

아버지는 여전히 손으로 더듬었다. 그러다가 건조대 한쪽 끝을 잡고 돌아서더니 앉았던 자리에 다시 자리를 잡았다.

"걱정 마라. 아비는 괜찮다."

하지만 그 말은 괜찮지 않다는 말로 들렸다. 세후는 어쩔 줄 모르고 옆에 서 있기만 했다.

한참의 시간이 지나서야 어렵게 입을 열었다.

"아버지, 눈이……?"

"괜찮다니까! 그날 이후부터 그러는구나. 히라도 성에 다녀온 뒤로 말이다. 보였다가 안 보였다가 하는구나. 의원 말로는 혈허(血虛)● 때문에 일시적으로 그럴 거라 했는데……. 요란 떨 것 없다. 이러다 또 괜찮아질 테니까."

세후는 어찌해야 좋을지 몰랐다. 얼결에 아버지의 손을 잡았지만, 그걸로 끝이었다. 초점을 잃은 아버지의 눈은 마당 건너를 향해 있었고, 여전히 숨은 거칠었으며, 떨림도 나아지지 않았다. 아버지는 숨을 몰아쉬고 내쉬며 스스로를 진정시키느라 애쓰고 있었다.

그러다가 아버지가 말했다.

"물! 물 좀 떠 오너라!"

세후는 벌떡 일어났다. 마당을 지나 우물가로 갔다. 바가지가 없었다. 세후는 다시 부엌으로 뛰어 들어가 아무 그릇이나 가지고 나왔다. 얼른 우물가로 가서 물을 퍼 올려 바가지에 담았다. 그러고는 다시 각령으로 달려갔다.

누나가 와 있었다.

"누나!"

"세후! 아버지 아파!"

"응. 누나, 아버지가……. 아버지, 여기요. 물 드세요."

세후는 바가지에 떠 온 물을 아버지 손에 쥐여 주었다. 그러나 아버지는 물리쳤다.

● 심한 출혈로 피가 모자라는 현상.

"아니다, 괜찮다. 그리고 세후야, 이것!"

아버지는 네모난 접시 다섯 개를 가리켰다.

"내가 그렸어. 아버지가 그리랬어."

누나가 나섰다. 누나의 얼굴을 쳐다보고 접시를 다시 내려다보니, 각각 무슨 풍경을 그려 넣은 듯했다. 하지만 정확히 그게 무엇인지는 알 수 없었다.

"이것 봐! 이렇게 봐야지."

세후가 고개를 갸웃거리자 누나가 접시를 빼앗더니, 접시 바닥을 일일이 확인하고는 순서를 바꾸어 나란히 늘어놓기 시작했다.

"세후! 이것 봐. 여기 이 모양으로 생긴 걸 제일 앞에 놓는 거야. 그다음은 이거…….'

누나가 가리킨 모양은, 차례로 'ㄱ'과 'ㄴ'이었다. 그리고 다음은 'ㄷ' 모양. 얼핏 알 것 같았다. 조선 사람들이 몰래 배운다는 언문이었다. 아마 그 차례인 모양이다.

누나는 순서대로 접시를 나란히 붙여서 늘어놓았다. 그러자 이게 웬일일까? 해안가의 모습이 드러났다.

"이건……?"

추측이 맞는다면, 그것은 히라도 포구 주변을 그린 것이었다. 그릇에 그린 그림치고 꽤 상세해 보였다.

"아버지! 이게 뭐죠?"

"아무것도 묻지 말고, 내일 아침 일찍 이것을 촌장님께 전해 드리고 오너라."

"아버지!"

세후는 목소리를 높였다. 그러나 아버지는 더 이상 입을 열지 않았다. 서녘으로 떨어지는 해가 아버지의 얼굴을 붉게 물들이고 있었다. 그 얼굴을 보면서 세후는 입속으로 중얼거렸다.

왜벌단!

한나절이면 갈 수 있는 땅, 탐라

해무●가 짙었다. 이미 마을 안쪽으로 휘어진 길가에 이르렀는데도 지붕 하나 보이지 않았다. 굽은 길을 다 돌고 나서야 첫 번째 초가집이 보였다. 그리고 그 집을 지나칠 때쯤 겨우 촌장님 댁이 눈에 띄었다.

세후는 서둘러 촌장님 댁 문 앞에 이르렀지만, 선뜻 문을 두드리지 못했다. 억수와 마주치는 게 껄끄러워서였다.

'늘 당했던 쪽은 난데, 내가 왜?'

생각이야 그랬지만, 여전히 내키지 않았다. 문틈으로 집 안마당을 엿보았다. 아무도 움직이는 기척이 없었다.

세후는 한참 동안 서 있다가 문득 손을 치켜들었다. 목청도 가다듬었다.

하지만 곧 손을 내렸다.

● 바다에서 생기는 안개.

'내가 지금 뭘 하는 거야? 그냥 접시만 전해 주고 가면 되는 것을!'

세후는 다시금 숨을 몰아쉬고 손을 들어 올렸다. 바로 그때였다.

"네가 여긴 무슨 일이지?"

뒤쪽에서 소리가 났다. 얼른 돌아보니, 억수가 지게를 짊어지고 있었다. 덩치가 큰 억수는 벌써 어른의 태가 났다. 세후는 한 걸음 뒤로 물러났다.

"아버지의 심부름을 왔을 뿐이야. 이걸 촌장님께 전해 드리라고 하셨어."

세후는 접시 꾸러미를 억수에게 내밀었다.

억수는 보따리를 받아 들고 펼쳐 보았다. 그런데 이게 무슨 일일까?

"이제 이런 거 필요 없어. 그냥 가져가."

"뭐? 무슨 말이지?"

"필요 없다고. 네 아버지께 더 이상 이런 거 안 만드셔도 된다고 전해 드려. 만들어 봐야, 이제 가져갈 사람이 없어."

그러더니 억수는 도자기 꾸러미를 도로 세후에게 건네주었다. 세후는 얼결에 받아 들었고, 억수는 대문 안으로 들어갔다. 세후는 무슨 상황인지 몰라 한동안 서 있었다.

"다 끝났어. 우리는 이제 이 히라도를 떠날 수 없어."

"……?"

억수의 말에 세후는 돌아서지도 못하고 그 자리에 그저 서 있기만 했다.

"네 아버지를 원망하지는 않아. 아니, 네 아버지가 누구보다 애쓰셨다는 거 알고 있어. 나도 얼마 전에 그 이야기를 들었고……. 들어와서 문 닫아. 누가 볼지 모르니까."

얼결에 세후는 문 안으로 들어서서 문을 닫았다. 그러자 억수가 말을 이었다.

"나도 처음엔 몰랐어. 어른들이 한 일이었으니까. 그냥 어렴풋이 알고 있었을 뿐이지. 네 아버지가 붙잡혀 가고 나서야 알았어."

"왜…… 벌단?"

세후는 짚이는 게 있어서 겨우 입을 열었다. 아니나 다를까. 억수가 고개를 끄덕였다.

아! 세후는 가슴 깊은 곳에 고여 있는 깊은 숨을 뱉어 냈다. 역시 아버지는 왜벌단을 돕고 있었구나. 온몸이 부르르 떨렸다.

"네 아버지 말고도 고라이마치에서만 다섯 명이 붙잡혀 가서 반죽음이 되어 돌아왔지. 정작 조칠보란 작자는 돌아오지 못했지만……."

문득 조칠보란 이름에 귀가 번쩍 뜨였다.

"아재는……?"

"몰라! 어쩌면 죽었거나, 노예로 팔려 갔겠지!"

세후는 아무 말도 할 수가 없었다. 그래도 한때는 친삼촌처럼 대해 주던 칠보 아재의 얼굴이 떠올랐다. 아니, 곧바로 그 얼굴이 지워지고 아버지가 왜벌단과 내통했다고 소리를 지르던 얼굴이 되살아났다. 세후는 자신도 모르게 주먹을 꽉 쥐었다.

"왜놈들, 정말 대단한 놈들이야. 네 아버지나 우리 아버지도 분명히 관련 있을 거란 걸 알고 있을 텐데, 딱 죽지 않을 만큼만 고문해서 되돌려 보낸 걸 보면……."

"그게 왜?"

"써먹을 데가 있으면 왜놈들은 쉽게 포기하지 않아. 그래서 네 아버지가 백자토 있는 곳을 실토하신 거겠지."

"그건 무슨 말이지?"

"우리 아버지 이야기로는, 네 아버지가 백자토를 발견한 게 아주 오래전이라 들었어."

"그걸 어떻게……?"

세후는 깜짝 놀라 입을 열었다. 하지만 곧바로 닫았다. 억수 아버지는 촌장님이시니까, 게다가 함께 왜벌단을 도왔다면 미리 말했을 수도 있다는 생각이 들었던 것이다.

정말로 그랬다.

"네 아버지가 그랬대. 쉽게 왜놈들에게 백자기를 빚어 줄 수 없지 않겠느냐고. 왜벌단이 정말 일어서면 이 마을부터 점령할 것이니, 그때까지 감추어 두자고."

세후는 다시 한 번 깊은 숨을 몰아쉬었다. 콕 집어서 무어라 말하긴 힘들었지만, 그간 품었던 의문들이 하나둘씩 이해가 되었다.

"그런데 왜 그걸 뒤늦게……?"

"다 죽인다고 했대. 왜벌단을 빌미로 고라이마치에 불을 질러 버리겠다고 엄포를 놓았대."

"다마쿠라 장군이?"

"응, 그러니 어쩔 수가 없었던 거야. 네 아버지가 아니었으면, 이 마을 사람들은 전부 죽을 뻔한 거야."

세후는 입술을 깨물었다. 아버지! 하고 속으로 외쳐 보았다. 갑자기 눈시울이 뜨거워지려 했다.

"그리고 그동안 미안했어. 네 새엄마 말야. 일본 사람들이 정말 미웠거든."

"……!"

"하지만 좋은 분인 거 같아. 네 새엄마. 내가 이런 말 하면 좀 우습지만……."

"이제 그만 가 볼게."

억수의 말을 더 들을 용기가 나지 않아서 세후는 돌아섰다.

"세후야! 미안해. 그리고 그릇 열심히 빚어. 그게 살아남는 거랬어. 나도 이제 그릇만 열심히 빚을 거야."

억수가 계속 무어라 떠들었지만, 세후는 모른 체하고 문을 열고 나왔다.

세후는 아무 일도 없었던 것처럼 걸으려고 애썼다. 하지만 다리가 후들거렸다. 가슴도 답답했다. 들고 있던 접시를 밭고랑에 내던 졌다. 접시 깨지는 소리가 요란하게 들렸다.

세후는 집을 향해 달리기 시작했다.

"도대체 무슨 생각으로 마르지도 않은 장작을 가마에 넣을 생각을 했소? 더구나 초벌구이 때, 젖은 장작이 서너 개만 들어가도 그릇에 금이 갈 수 있다고 하지 않았소?"

아버지가 료헤이를 심하게 나무라고 있었다.

"센세이, 잘못했습니다."

"료헤이, 오늘 빚는 도자기 중에는 다마쿠라 장군이 직접 쓰실 찻잔도 있소. 만약 그것이 잘못되면 어찌할 셈이오?"

다마쿠라 장군이라는 말에 료헤이는 얼굴이 사색이 되었다.

"센세이, 장작을 다시 가져오겠습니다."

료헤이는 방금 전보다 더 깊이 머리를 조아렸다. 옆에서 보기가 민망할 정도였다.

"그리고 료헤이가 잘못한 게 또 한 가지 있소."

아버지는 막 돌아서려는 료헤이를 다시 불러 세웠다.

"처음부터 이렇게 불을 세게 때면, 그릇이 어찌 된다 했소?"

"혹시 덜 마른 그릇이 있으면 깨질 수도……."

"그럼, 어찌해야 하오?"

"가마를 식혀야 합니다."

"알았으면 얼른 일꾼들을 불러 물을 퍼다가 가마 위에 뿌리시오. 일정을 맞추느라 나중에 넣은 그릇 중에는 덜 마른 것도 있을 테니, 서두르시오."

"하이!"

그제야 료헤이는 달려갔다.

아버지는 곧바로 세후에게 눈을 돌렸다.

"너도 잊지 말거라. 가마에 불을 땔 때는 그릇의 개수와 그날의 날씨, 하물며 바람의 방향에 따라서도 달리 생각해야 하느니라. 알겠지?"

"네, 아버지."

세후는 공손히 대답했다. 그러면서 아버지의 눈치를 살폈다. 그래도 오늘은 괜찮아 보였다. 다행이다 싶었다.

아니, 적어도 겉으로 아버지는 아주 활기차 보이기도 했다. 그래야 할 거였다.

백자토를 발견한 이후로, 고라이마치의 사기장들이 수시로 들락거리며 흙을 실어 날랐고, 또 아버지에게 이런저런 것들을 배워 갔다. 다마쿠라가 일꾼들에게 백자토를 오로지 이곳으로만 퍼 나르라고 했기 때문에 어쩔 수가 없었다. 사람들 말로는 감시하기가 쉬워서라고 했다. 귀한 자기를 빚는 흙인데, 아무나 퍼 갈 수 없게 해야 한다고 했다던가?

그래서도 바빴고, 마침내 아버지가 시험하여 구워 낸 백자기들을 서양 오랑캐들이 사 가겠다고 정식으로 요청해 왔다는 소식도 들렸다. 다이묘는 그예 아버지에게 상을 내렸다. 다이묘의 조카라는 사람이 칼과 찻잎을 보내왔다. 아버지는 그것을 방 안에 그냥 처박아 두었지만.

그러나 세후는 내심 불안했다.

아버지는 전보다 자주 넘어졌다. 어떤 날은 멀쩡하다가도 어떤 날은 툇마루에서 마당으로 내려설 때도 발을 헛디디곤 했다. 이마에, 팔목에, 정강이에, 아버지 몸 곳곳에 자잘한 상처들이 늘어만 갔다. 그즈음부터 아버지는 더 이상 그릇에 그림을 그리지 않았다.

아버지는, 가마를 때지 않을 때에는 주로 물레 앞에서만 지냈다. 눈이 보이지 않을 때에도 물레질만큼은 완벽했다.

"괜찮으세요?"라고 물으면, 아버지는 먼저 씩 웃었다. 그러고는 대답했다.

"흙은 손길을 타서 아름다운 그릇이 되는 것이지, 눈으로 본다고 좋은 그릇이 만들어지는 게 아니니까!"

오늘은 아침부터 가마 곁을 떠나지 않았다. 아버지 말대로 오늘 굽는 그릇들 중에는 다마쿠라 장군이 직접 부탁한 찻잔들이 있었다. 그리고 엊그제는 다마쿠라의 심부름꾼이 직접 와서, "서양 오랑캐들에게 보여 주어야 하니, 특별히 신경을 써 주시게!"라고 했다. 그래서인지 아버지는 다른 때보다 훨씬 더 신경을 쓰는 듯했다.

"괜찮으세요?"

이제 버릇이 되었나 보다. 세후는 아까와 똑같이 물었다. 그러나 아버지는 대답 대신 엉뚱한 말을 했다.

"세후야! 언젠가 아비가 말했지? 도자기는 살아 있는 생명과 같은 것이라고. 그렇게 대해야 좋은 도자기를 만들 수 있다고."

"……."

"좋은 흙을 만나야 하고, 맑은 물을 써서, 불로 생기를 불어넣는 것이라고. 그러니 그 어느 것에도 정성을 다해 대하지 않으면 안 된다고 말이다."

"네."

이번에는 낮은 소리로 대답했다.

"그래, 그 세 가지가 모두 신의 뜻에 합당해야 좋은 그릇이 나온단다. 절대 잊어서는 안 돼!"

"알고 있어요. 그런데 어찌 그런 말씀을 하십니까?"

"내가 없을 때라도 잘 기억하고 있어야 한단 뜻이다."

"아버지! 도대체 왜 자꾸만 그렇게 말씀하시는 거예요?"

세후는 목소리를 높였다. 그랬다. 아버지는 마치 마지막인 것처럼 말하고 있었다. 사사건건, 모든 일 앞에서.

하지만 아버지는 오히려 미소를 지었다. 그러고는 말했다.

"소리 높일 것 없다. 물론 내가 갑자기 어찌 되는 것은 아니지만, 왠지 이젠 자신이 없구나."

"그렇지 않아요. 아직도 잘하고 계신……."

그때였다. 수비를 하던 료헤이가 달려왔다.

"센세이! 다마쿠라 장군님께서 사람을 보내셨습니다. 양인까지 함께요. 어서 나와 보세요."

"무슨 말인가?"

아버지가 대꾸하며 벌써 한 걸음 떼었다. 세후도 뒤를 따라갔다.

다마쿠라의 심부름꾼이었다. 그리고 그 뒤에는 정말 서양 오랑캐가 하나도 아니고 둘이나 서 있었다. 세후는 슬쩍 아버지 뒤쪽으로 한 걸음 물러났다. 아직도 서양 오랑캐는 무서웠다.

"무슨 일이오?"

"이 양인들이 우리 히라도의 도자기를 사겠다는 소식은 이미 전달했고……. 정식으로 주문장을 넣겠다는군요. 다마쿠라 장군께서 아주 좋아하셨소."

"그럼 주문장을 넣으면 되지, 어째서 양인들이 또 온 것이오?"

"이곳의 시설들을 둘러보고 싶답니다. 그리고……."

다마쿠라의 심부름꾼은 문득 말을 하다가 멈추었다. 그러고는 서양 오랑캐 하나에게 알아들을 수 없는 말을 했다. 무언가 묻는 듯했다. 그러자 노란 수염이 난 서양 오랑캐가, "으음~"소리를 길게 내더니 아주 빠르게 또 무어라고 떠들어 댔다. 그걸 들으면서 다마쿠라의 심부름꾼은 고개를 끄덕였다. 그러고는 끄트머리에 "옛쓰! 옛쓰!"라고 말했다. 도대체 무슨 말인지 알 수가 없었다.

"이 양인들이 몇 가지 조건이 있답니다."

다마쿠라의 심부름꾼이 아버지를 향해 말했다.

"조건이라니?"

"하나는 앞으로 5년 동안은, 자기네 동인도 회사하고만 거래해야 한답니다."

"......"

"두 번째는, 내년 4월 초에 첫 물건을 싣고 갈 때 이 마을의 사기장 한 명을 데려가겠답니다. 이를테면, 기술을 전해 달라는 거예요. 그러면 계약 기간을 10년으로 연장해 줄 수 있다는군요."

"지금 무슨 말을 하고 있는 것이오?"

아버지가 눈썹을 꿈틀 움직였다.

"아무튼 이 양인들의 말이 그렇습니다. 물론 결정은 다마쿠라 장군과 다이묘께서 내리실 것입니다."

그날 저녁 밥상머리에서 세후는 지나가는 말을 하듯, "이 마을의 사기장 중 한 명이랬지, 꼭 아버지가 가야 한다는 건 아니잖아요?"라고 말했다. 그러자 아버지는, "글쎄다. 어찌 되었든 다마쿠라 장군이 결정하는 대로 따라야겠지." 하고 무심한 듯 대꾸했다.

세후는 덧붙여 말했다. "혹 아버지더러 가라고 하면 눈이 보이지 않는다고 말씀하세요. 그리하면 다른 사람을 보낼 수도 있잖아요." 하지만 아버지는 고개를 저었다. "아니다! 나 때문에 다른 사람이 피해를 보게 하란 말이냐? 같은 조선 사람끼리 어찌 그리한단 말이냐." 그 말에 세후는 아버지가 답답하게 보였다. "그럼 몸도 성치 않으면서 나서시겠다는 거예요?"

늦은 밤까지 세후는 아버지와 이야기를 주고받았다. 옆에서 엄마도 거들었다. "절대 센세이를 보낼 리가 없어요. 너무 걱정하지 마세요. 센세이의 백자기가 고라이마치에서는 최고인데, 어찌 센세이를 보내겠어요." 그 말에 세후는 자신도 모르게 고개를 끄덕였다. 틀림없이 그럴 거라고 믿고 싶었다.

하지만 그런 바람은 산산이 깨지고 말았다.

다음 날 이른 아침, 다마쿠라의 심부름꾼이 와서 아버지를 데려갔다. 그 때문에 종일 일이 손에 잡히지 않았다. 엄마는 엄마대로 집 안팎을 서성거렸고, 세후는 각령과 수비장과 가마를 오가며 아버지가 오기를 기다렸다.

아버지는 해 질 무렵에 돌아왔다. 하지만 아무 말도 하지 않았다. 그리고 다른 날보다 일찍 잠자리에 들었다. 그뿐이었다.

어처구니없는 소식을 들은 건 다음 날 이른 아침이었다.

"세후야! 아버지가 오란다에 가게 될지 모르겠다고 하시더구나."

안마당에서 서성이는데, 엄마가 다가와 말했다. 세후는 그 자리에 얼어붙고 말았다.

"다마쿠라 장군께 말해 봐야겠다. 어떻게든 막아야 해. 아버지는 안 돼. 눈도 성치 않으신데……."

그러고서 엄마는 흐느꼈다. 하지만 뒤이어 나온 아버지는 별일 아니라는 듯 말했다.

"아침부터 무슨 소란이오? 내가 가면, 이 마을 조선 사람들이 편케 살 텐데, 그것만 해도 좋은 일 아니겠소?"

그러더니 아버지는 수비장 쪽으로 걸어갔다. 세후가 따라갔다.

"안 돼요, 아버지! 이건 말도 안 된다고요. 어떻게 아버지가…….도대체 어디에 붙어 있는지도 모르는 오란다를, 그 눈을 해 가지고 어떻게 간단 말이에요?"

"이놈이! 아침부터 왜 소리를 높이는 게야?"

"그럼, 아버지는 아무렇지도 않단 말이에요?"

"아니면? 어찌할 테냐? 다마쿠라 장군의 명을 어기란 말이냐?"

"아, 아버지!"

"소란 떨지 말거라! 오늘도 바쁘다. 어서 그릇이나 빚거라! 료헤이! 료헤이! 어디 있는가?"

아버지는 세후의 입을 막고, 료헤이를 불렀다.

세후는 더 이상 아버지를 쫓지 않고 각령으로 돌아와 물레 앞에 앉았다. 무작정 물레를 돌렸다. 접시도 빚고, 호로병도 빚었다. 대병도 만들었고, 찻잔도 만들었다.

그러느라 한나절이 지났다. 누나가 갖다 준 감자 두 덩이만 먹은 게 고작이었지만 배고픈 줄도 몰랐다.

그러나 세후는 그예 벌떡 일어났다. 가슴이 답답해서 견딜 수가 없었다.

세후는 바깥으로 나왔다. 바깥으로 나와 무작정 걸었다.

어느새 길옆을 울긋불긋 물들였던 단풍잎도 거의 보이지 않았다. 끝끝내 어느 나뭇가지에 붙어 있던 빛바랜 낙엽 하나가 세후 앞으로 힘없이 떨어져 내렸다. 세후는 잠시 멈추었다가 다시 걷기 시작했다.

오래지 않아 해풍이 느껴지는 듯싶더니, 짠 내음이 코끝을 눌렀다. 그즈음 숲길이 끊겼다.

바다는 유난히 파랬다. 그 바다를 보면서 세후는 절벽 길을 따라 걸었다. 해가 지는 쪽이었다. 아직 해는 높이 걸려 있었지만, 시간이 더 지나면 그쪽으로 해가 떨어질 터였다.

얼마 걷지 않아서 돌탑 몇 개가 보였다. 그 앞에 너른 바위가 나타났다. 설날이 되면 아버지와 마을 사람들이 고향 땅을 향해 제사를 지내던 곳이었다. 그때가 아니라도 아버지는 종종 이곳에 찾아와 끝없이 펼쳐진 바다를 바라보곤 했다.

"저 건너에 조선 땅이 있단다. 이 아비가 자란 곳 말이야. 꼭 가야 한다! 꼭!"

그 말이 귓전에서 생생하게 맴돌았다.

세후는 너른 바위 위에 털썩 주저앉아 중얼거렸다.

"조선!"

낯설었다. 칠보 아재 말로는 저 바다 건너에 탐라 땅이 있다던데.

날만 좋으면 한나절이면 된다고 했는데. 그럼에도 불구하고 어떻게 이리도 낯선 말이 되어 버렸을까. 아버지에게 수도 없이 들었지만, 참으로 낯선 말이었다. 아니, 앞으로는 더 낯설 것이라는 생각이 들었다. 가슴이 저릿했다. 아마도 갈 수 없는 곳이라 그럴 테다. 꿈에서나 한두 번 가 보았을까.

아, 그런데 이젠 꿈도 꾸지 못하게 되지 않았는가. 조선은커녕 듣도 보도 못한 오란다라니! 그것도 눈은 새파랗고 머리는 노란, 도깨비 같은 서양 오랑캐와 함께! 눈먼 아버지가 어떻게!

가슴이 더 답답해져 왔다. 세후는 일어나 바위 끝으로 갔다. 발 아래는 까마득한 절벽이었다. 파도가 바위에 부딪쳐 희게 부서지는 게 보였다. 어지러웠다. 세후는 비틀거리다가 뒤로 물러났다.

문득 고개를 들어 하늘을 보았다. 어느새 해가 바다 쪽으로 많이 내려와 있었다.

세후는 왔던 길을 되돌아가기 시작했다. 아니, 뛰었다. 누가 쫓아오는 것도 아닌데 무작정 달렸다. 그 때문에 숲 속에서 후드득 새 날아가는 소리가 들렸고, 산짐승이 후다닥 도망치는 소리도 들렸다.

"안 돼!"

세후는 무작정 그렇게 외치며 뛰었다.

어느새 세후는 집 앞에 다다라 있었다. 그런데 앞마당으로 들어서던 세후는 문득 발걸음을 멈추었다. 앞마당에서 엄마가 화로를 앞에 둔 채 쭈그리고 앉아 있었다. 약을 달이고 있는 중이었다. 언제부터 그러고 있었는지 온 집 안이 약 냄새로 가득했다.

물론 하루 이틀 맡은 냄새는 아니었다. 아버지가 히라도 성에 끌려갔다가 돌아온 뒤로 하루도 거른 적이 없었다.

아! 그러고 보니 아버지가 자리에서 일어난 뒤에도 엄마가 끊임없이 약을 달였던 건, 바로 아버지의 눈 때문이었던 건가? 다시 가슴이 울컥거렸다. 순간 머릿속에 외침이 일었다.

'아버지를 가시게 할 수 없어!'

물론 온갖 생각들이 뒤엉켜 엉망이었지만, 그 생각 하나만큼은 어둠 속의 빛처럼 선명하게 빛나고 있었다.

'어디에 있는지도 모르는 오란다에 아버지가 간다고? 그러면 나는? 아니, 엄마와 누나는? 그 눈으로 어딜 간단 말인가? 그러다가 행여 오란다에 내리기도 전에 눈이 멀어 버리면? 그럼, 일본 사람들이 그냥 둘까? 억수가 말하기를, 왜인들은 쓸모없으면 버린다고 하지 않았는가. 혹시라도 엄마처럼 바다에……?'

세후는 머리를 세차게 흔들었다.

'아버지는 오란다가 아니라 조선에 가야 해. 그토록 간절하게 원하는 조선으로 가야 한다고! 오란다는 절대 안 돼!'

세후는 주먹을 꼭 쥐었다.

세 가지 이유

숨이 차서 더 이상 뛸 수 없을 때쯤, 히라도 성이 보였다. 세후는 숨을 고르며 차분히 걷기 시작했다.

'오란다는 안 돼!'

다시 한 번 다짐하면서 성문 앞으로 바짝 다가갔다. 일본 병사가 앞을 가로막았다.

"나츠카 아기씨를 만나러 왔습니다. 이걸 전해 드려야 합니다."

세후는 히라도 성 앞을 지키는 일본군 병사에게 간곡하게 말했다. 보자기를 풀어 청자 화병을 보여 주었다. 그러자 병사는 화병과 세후의 얼굴을 번갈아 쳐다보았다. 그래서 세후는 한마디 더 했다.

"아기씨께서 꼭 오늘까지 가지고 오라 하셨습니다. 오늘 전해 드리지 못하면 큰 화를 입을 거라 하셨습니다. 어서 만나게 해 주십시오."

"기다리거라!"

병사는 도자기를 돌려주고 성문 안으로 들어갔다.

병사는 한참 동안 나타나지 않았다. 세후는 발을 동동 굴렀다. 굳게 닫힌 성문은 세후가 그 자리를 수십 번 맴돌 때까지도 다시 열리지 않았다.

초조해졌다. 나츠카가 화병을 가지고 오라고 했다는 거짓말이 탄로 날 것 같아서가 아니었다.

'내가 정말 잘하고 있는 걸까?'

그런 생각 때문이었다. 하지만 그럴 때마다 세후는 고개를 저으며 자신을 달랬다.

'해야 돼! 스무 날이 넘도록 생각해서 내린 결정이잖아!'

멀쩡하던 다리가 아파서 앉았다가 일어나기도 했다.

병사는 세후가 제자리를 골백번은 더 맴돈 뒤에야 나타났다.

"따라오너라!"

성안은, 웅장하리라 기대했던 것과는 달리 소박해 보였다. 양쪽으로 대나무가 심어진 좁다란 길을 지나자 정원이 나타났고, 그 주위에는 이파리를 모두 떨어뜨린 단풍나무의 빈 가지가 사방으로 삐죽삐죽 솟아나 있었다. 연못의 물이 맑아서 헤엄치는 은빛 물고기들이 잘 보였다. 연못을 가로지른 굽은 다리를 지나자, 작게 지은 정자가 나타났다. 그 한갓진 정자 앞에 나츠카가 서 있었다.

"나츠카……."

다리 끝에서 세후는 멈추었다. 무슨 말을 꺼내야 할지 얼른 생각이 나지 않았다. 세후는 한참을 머뭇거렸다. 나츠카는 설면할 만한

데도 씩 웃어 주었다.

세후는 우선 도자기를 내밀었다.

"이거……."

"세상에! 너무나 아름다워!"

나츠카의 얼굴이 환해졌다.

솔직히 청자를 구워 본 적은 많지 않았다. 아버지가 배워 두라고
해서 틈틈이 굽긴 했지만 그 비취색을 내기가 쉽지 않았다. 그래도
이번만큼은 그런대로 색이 잘 나온 편이었다. 누나가 그려 준 흰 학
이 비취색 위에서 훨훨 나는 것 같았다.

나츠카는 도자기를 이리저리 돌려 보며 벌린 입을 다물지 못했
다. 그때, 문득 아버지의 말이 생각났다.

'도자기에 그리는 그림은 어느 방향에서 보아도 아름다워야 한
다. 어느 곳도 앞이 아닌 쪽이 없는 게 도자기니까.'

"세후, 이거 나 주는 거야?"

"응. 그 대신…… 아니, 부탁이 있어."

"부탁?"

도자기를 보다가 말고 나츠카가 고개를 들었다.

"다마쿠라 장군님을 만나게 해 줘!"

"응?"

조금 놀란 듯 나츠카의 눈이 동그래졌다. 나츠카는 그때가 제일
예뻤다. 그 때문에 세후는 자신도 모르게 씩 웃고 말았다.

"부탁할 데가 없었어. 장군님이 어찌 나와 같은 조선 아이를 만나 주시겠어. 나츠카! 꼭 부탁해."

"말씀은 드려 볼게. 그런데 왜 만나려는지 물어봐도 돼?"

"그건……."

"말하기 힘들면 하지 않아도 돼!"

세후가 더듬자 나츠카가 웃으며 말했다. 하지만 그 모습을 본 순간, 세후는 오히려 힘을 얻었다.

"아버지 대신 내가 오란다에 가겠다고 말씀드릴 거야."

"뭐? 그게 정말이야? 네가 왜?"

"아버지는 아프셔. 그 몸으로 갈 수 없어. 나츠카! 부탁이야! 응?"

꼭 그러려던 것은 아니었는데, 애원하는 꼴이 되고 말았다. 갑자기 눈물이 왈칵 솟으려고 했다.

"아, 알았어. 잠깐만……."

나츠카는 세후를 정자 앞에 남겨 두고 종종걸음으로 성채를 향해 난 계단으로 올라갔다.

다마쿠라 장군은 발이 쳐진 문 저편에 앉아 있었다. 찻상이 앞에 있었고, 장군의 뒤쪽에는 여러 개의 칼이 걸려 있었다. 푸른색 노시(直衣)˙의 넓은 소매를 살짝 걷고, 다마쿠라는 차를 마시고 있었다. 예순은 족히 넘었을 텐데도 짙은 눈썹과 반듯한 이목구비 때문인지 노인의 태는 나지 않았다.

입안이 바짝바짝 타들어 가는 기분이었다.

"나츠카에게 들으니, 네가 나를 꼭 만나야 할 이유가 있다고?"

다마쿠라는 입에 가져갔던 찻잔을 내려놓으며 말했다. 그러고는 고개를 들었는데, 서늘한 눈빛 때문에 세후는 아랫입술을 깨물고 말았다.

"그, 그렇습니다."

"음! 이건 네 아비가 빚은 것이냐?"

나츠카에게 주었던 청자 화병이 어느새 다마쿠라의 찻상 옆에 놓여 있었다.

"그건 제가 빚은 것입니다."

"그래? 아비의 손재주를 물려받았구나. 훌륭한 솜씨다."

"……"

"그리고 나츠카에게 들었다만, 나츠카가 물에 빠졌을 때 목숨을 구해 준 게 너라고? 우리 사무라이들은 은혜를 저버리지 않는다. 그 래서 네 아비를 살려 준 것이다. 알고 있느냐?"

"알고 있습니다."

"너도 나의 그런 은혜를 잊지 말고 도자기 빚는 일을 게을리하지 말거라. 알겠지? 그래, 나를 찾아온 이유가 무엇이냐?"

● のうし. 귀족의 평상복.

"부탁드릴 게 있습니다."

다마쿠라의 질문에 세후는 서슴없이 대답했다. 하지만 목소리는 자신이 듣기에도 떨리고 있었다.

"부탁이라? 무엇이냐?"

"제 아비를 히라도에 남게 해 주십시오."

그 말에 찻잔을 집어 들던 다마쿠라가 멈칫했다. 그런 채로 낮고 길게 숨을 내쉬더니, 다마쿠라는 말했다.

"네 아비가 이곳에 남아야 하는 이유를 세 가지만 대 보아라!"

세후는 잠시 머뭇거렸다. 입안이 말라서 혀를 놀리는 게 부담이 될 지경이었다. 세후는 마른침을 삼키고 억지로 입을 열었다.

"처, 첫째는 제 아비가 이곳을 떠나면, 장군께서는 이 마을에서 가장 훌륭한 도공을 잃는 것입니다."

"무어라?"

"제 아비는 백자기는 물론 청자와 투각, 음각에도 뛰어난 분입니다. 곁에 두시면, 훗날 더 좋은 도자기를 만들 수 있지 않겠습니까?"

"흠! 두 번째는?"

"누군가는 그 기술을 이어받아야 하지 않겠습니까? 그래야 훗날까지 이 히라도가 번영을 누릴 것입니다. 아비는 일본인 도공들에게도 훌륭한 스승이 되실 것입니다."

"제법이구나. 아비처럼 아주 당돌해!"

머리끝이 저릿했다. 다마쿠라의 그 말이 좋은 말인지 나쁜 말인지 가늠할 수가 없었다. 그 때문에 대꾸하지 않고 기다렸다.

"좋다. 세 번째는……? 아니다. 이번엔 내가 묻겠다. 그럼, 너의 아비가 아니라면, 누굴 보내면 좋겠느냐? 고라이마치에 네 아비만 한 도공이 있겠느냐?"

기다리던 질문이었다. 세후는 숨을 깊이 들이쉰 다음, 발음 하나 틀리지 않고 똑바로 말했다.

"제가 가겠습니다!"

"뭣이? 네가 가겠다고?"

"그렇습니다."

"흠……."

세후의 말이 뜻밖이었는지, 다마쿠라는 선뜻 말을 잇지 않았다. 찻잔을 들어 한 모금 마시고, 잠시 생각에 잠긴 듯했다.

슬며시 고개를 들었다. 어느새 햇살이 왼편 창에 스며들고 있었다. 햇살은 아주 느리게 다마쿠라 장군의 허리춤으로 스멀스멀 기어올랐다. 그러다가 다마쿠라가 문득 끄응, 소리를 내며 움직이자 햇살은 재빨리 달아나 버렸다.

다마쿠라는 한참 만에 입을 열었다.

"이는 히라도의 장래에 아주 중요한 거래다. 그리하여 다이묘께서도 아주 큰 관심을 가지고 있지. 따라서 나는 오란다국이 원하는 요구를 충실히 들어줄 필요가 있다. 그래서 실력 있는 도공을 보내야 하는 것이고. 네 아비는 이 히라도에서 가장 뛰어난 실력을 가진 도공이다. 우리는 오란다국에 신의를 지키려는 것이다. 내 말의 뜻을 알겠느냐?"

세후는 하고 싶은 말이 있었지만, 입을 열지 않았다. 기다렸다.

다마쿠라가 다시 말을 이었다.

"따라서 네가 가려거든, 너 역시 아비 못지않은 실력을 가지고 있어야 한다는 뜻이다! 네가 네 아비 못지않다는 것을 어찌 내가 알겠느냐? 어떻게 너의 실력을 증명해 보이겠느냐고 묻고 있는 것이다!"

"다섯 달 안에, 그 찻잔과 똑같은 잔을 만들어 오겠습니다."

일단 그렇게 말해야 한다고 머리에서 시켰을 뿐이었다. 정말 할 수 있을지는 알 수 없었다.

"뭣이? 이 찻잔은, 조선에서도 진귀하다는 찻잔인데, 이것을 네가 만들겠다고?"

"네! 하겠습니다. 그리하면 저를 보내 주시겠습니까?"

미쳤거나 무모한 짓이었다. 어떻게 아버지를 능가할 수 있단 말인가? 하지만 그리 대답해야 했다. 세후는 말을 하고 나서 어금니를 꽉 물었다.

"허허. 이런 맹랑한 녀석을 보았나? 아무리 그래도……."

그때였다. 뒤쪽에서 나츠카가 다마쿠라 옆으로 나섰다.

"할아버지, 허락해 주세요. 이자는 틀림없이 해낼 것입니다. 이자가 한 말이 틀린 데가 없지 않습니까?"

"나츠카! 네가 낄 자리가 아니다!"

"알고 있습니다. 하지만······."

"알았다. 그렇다면 너에게 다섯 달의 여유를 주겠다. 그동안 할수 있는 만큼 해 보거라. 만약 네가 해낸다면, 네 청을 들어주겠노라!"

"그리고 한 가지 부탁이 더 있습니다."

"무엇이냐?"

"당분간 제가 여기 다녀간 것을 제 아비에게 비밀로 해 주십시오!"

"알겠다. 그리하겠다."

"그리고 제가 도자기를 잘 빚어 온다면 장군께서는 무슨 일이 있어도 제 아비를 지켜 주겠다고 약속하십시오. 그리만 해 주신다면 장군께 충성을 다하겠습니다."

세후는 허리를 깊이 숙였다.

"제법이구나! 너는 조선인 같으면서도 일본인 같기도 하고······. 네 어미가 너를 아주 잘 키웠구나!"

헉! 순간 세후는 숨이 턱 막혔다. 엄마의 얼굴이 스쳐 지나갔다. 세후는 대꾸하지 못하고 다마쿠라의 분부를 기다렸다.

이윽고 다마쿠라가 찻잔을 내려놓고 말했다.

"약속한다. 사무라이는 약속은 반드시 지킨다!"

"감사합니다, 장군님!"

세후는 앉은 채로 허리를 깊이 숙였다. 이마가 땅바닥에 닿았다. 그런 채로 세후는 주먹을 꽉 쥐었다. 왈칵 눈물이 솟아올랐다.

세후는 한참 만에 일어났다. 한쪽 다리가 저려서 문밖으로 나올 때까지 세후는 바르작거리듯 걸어야 했다. 안 되겠다, 싶었는지 나츠카가 다가와 한쪽 팔을 잡아 주었다.

"세후, 난 네가⋯⋯."

연못을 지날 때, 나츠카가 걸음을 멈추더니 입을 열었다. 하지만 금세 뒷말을 삼키고 눈물을 흘렸다. 세후는 얼결에 나츠카의 한쪽 어깨를 가볍게 토닥였다. 그러자 나츠카는 세후의 손에 얼굴을 묻었다. 눈물이 세후의 손등을 타고 흘러내렸다. 그 눈물도, 나츠카의 볼도 따뜻했다. 부끄러워 얼굴이 달아올랐지만, 손을 거두고 싶지 않았다.

세후는 집에 돌아오자마자 물레에 앉았다. 흙덩이를 올려놓고 쉼 없이 그릇을 빚었다.

'내가 올바른 선택을 한 것일까?'

문득 자신에게 물었다. 그리고 나서는 순간적으로 고개를 갸웃거렸다. 하지만 세후는 곧바로 고개를 끄덕였다.

'틀림없이 옳은 일이다! 아버지를, 누나와 엄마를 지키려면 이 방법밖에는 없다. 그리고 어디에 가서든 도자기만 잘 빚으면 되지 않겠는가? 그리하면 살 수 있다고 하지 않았는가?'

세후는 입술을 깨물고 힘차게 물레를 돌렸다. 그리고 아버지가 늘 하던 말대로 중얼거렸다.

'도자기는 온몸으로 빚는 것이다. 온몸의 정성이 손끝으로 뻗어 나가게 해야 한다. 그리한다면, 내가 임금님의 도자기인들 빚지 못하겠는가?'

그런데 그때, 기척이 느껴졌다.

"어째서 물레를 그리 빨리 돌리는 것이냐?"

뒤를 돌아보기도 전에 아버지가 옆으로 다가왔다. 세후는 얼결에 물레의 발판에서 발을 살짝 떼었다. 물레의 속도가 줄어들기 시작했다.

"하던 거 계속하거라."

아버지가 말했다. 그러나 세후는 고개를 저었다.

"드릴 말씀이 있습니다."

"무엇이냐?"

"언문을 가르쳐 주세요."

아버지가 선 채로 세후를 내려다보았다. 무슨 뚱딴지같은 소리냐, 하는 표정이었다.

"갑자기 언문은 왜?"

"그저 배우고 싶습니다."

"그저……?"

아버지는 세후가 했던 말을 반복해서 내뱉고는 담 너머 먼 산을 바라보았다.

"안 되겠습니까?"

"아, 아니다. 갑자기 언문을 왜 배우려는지가 궁금했을 뿐이다."

"저보고 조선에 가야 한다고 하지 않으셨습니까?"

"뭐? 그, 그건……."

아버지의 미간이 좁아지는 게 보였다.

"그저 지나가는 소리로만 그리 말씀하신 건 아니시지요?"

아버지는 세후를 쳐다보며 아무 대꾸도 하지 않았다. 세후는 오히려 아버지가, 마땅히 갈 것이라고 말해 주기를 바랐다. 그게 아버지다운 일이니까. 그러나 기다렸음에도 아버지는 끝내 그 말을 입에 담지는 않았다.

대신 뜻밖의 말을 꺼냈다.

"접시는 네가 직접 깼느냐?"

"네?"

세후는 아버지의 말이 무슨 의미인지 금방 감이 잡히지 않아 되물었다.

"촌장님께 가져다주라고 했던 접시 말이다."

"네! 이제 필요 없다고 해서……."

"그랬으면서도 어찌 조선을 가겠다고 말하고 있는 것이냐? 나무라는 게 아니다."

정말로 나무라는 표정은 아니었다. 말을 하면서도 세후와 눈을 맞추지 않았고, 먼 산을 바라보고 있었다. 목소리는 이상하리만큼 차분했다.

세후는 가만히 듣고만 있었다.

"이 아비는 정말로 조선으로 돌아가고 싶었다. 너무나 가고 싶어서 죽지 못하고 있을 때, 왜벌단에 대해 들었단다. 임진왜란 때 왜놈들 다 때려잡던 이순신 장군 부하들이랑, 곽재우 밑에서 의병 하던 사람들이 보복을 하러 이 히라도에 온다더구나."

"……."

"소문이 이 히라도에 파다했단다. 그래서 이곳은 물론 쓰시마 해안가에도 성을 쌓고 난리가 아니었지. 그런데 히라도가 워낙 배를 대기 힘든 곳이라는 건 너도 잘 알 것이다. 그 옛날 고려 시대 때 몽골 놈들도 여기까지 왔다가 결국 되돌아갔다더라."

"그래서 포구를 도자기에 그리신 거로군요. 그날 새벽에 세작을 만나러 나가신 것 맞고요?"

"……."

"휴! 만약 다마쿠라 장군이 아버지가 왜벌단을 도왔다는 걸 알았다면……."

생각만 해도 끔찍했다. 그랬더라면 아버지는 정말 이 세상 사람이 아니었을 것 아닌가. 세후는 몸을 떨었다. 얼결에 아버지의 손이라도 잡을 뻔했다.

그런데 이건 무슨 말일까?

"다마쿠라는 알고 있을 거야. 내가 조선에서 온 세작을 도왔다는 걸……."

"네? 무슨 말씀이세요?"

"다마쿠라는 그리 호락호락한 사람이 아니다. 나를 살려 준 데는 이유가 있지."

"아버지!"

"그는 말하자면 나에게 기회를 준 셈이라고나 할까. 살려 두면 과연 그 값어치를 할 수 있을지……."

"정말요?"

"그래. 그가 마음만 먹는다면, 언제든 나를 죽일 수 있으니까."

"세상에!"

몸이 부들부들 떨렸다. 그 말이 사실이라면? 문득 세후는 다마쿠라가 자신의 제안을 흔쾌히 허락한 이유가 무얼까 궁금해졌다. 갑자기 가슴이 심하게 뛰기 시작했다.

"그는, 좋게 말하면 참으로 지혜로운 장수고, 나쁘게 말하면 아주 음흉한 자다. 우리 머리로는 그를 이길 수 없어."

"그래서 숨겨 두었던 백자토를 내놓으신 건가요?"

"말하자면 그렇다. 그런데도 그는, 나에게 책임을 묻고자 하는 것이지."

"아버지를 오란다로 가게 하는 것 말인가요?"

아버지는 대답하지 않고 고개를 끄덕였다. 그때, 세후의 머릿속에 무언가 반짝 스치는 게 있었다.

'아, 그래서 다마쿠라가 나의 제안을 선뜻 받아들인 것인가? 아버지와 나, 둘 중의 누가 가도 왜벌단을 도운 일에 대한 벌을 내리는 것이 되는 거니까? 그래서 누가 남든지, 자신에게 충성하지 않으면 결국 대가를 치러야 함을 뼈저리게 느끼도록?'

가슴이 서늘해졌다. 아아! 그게 맞는다면?

세후는 어금니를 꽉 물었다. 온갖 생각들이 스쳐 갔다. 다마쿠라의 얼굴, 그의 말들. 그는 도대체 무슨 속셈을 더 숨기고 있는 것일까. 세후는 주먹을 꼭 쥐고 다시 한 번 아버지에게 말했다.

"언문을 배우겠습니다."

사실, 아까만 해도 그 말은 얼결에 한 소리에 가까웠다. 예전에도 그랬듯, 조선은 아버지의 나라니까 조선에서 쓴다는 언문이란 게 무언지 알고 싶은 정도였다. 그런데 이제는 언문을 배워야 할 보다 뚜렷한 이유가 생겼다. 세후의 생각은 그러했다.

아버지가 세후를 쳐다보았다. 세후는 힘주어 다시 말했다.

"가르쳐 주실 거지요?"

"나 역시 '가갸거겨' 정도만 알고 있다. 더 배우려거든, 촌장님께 부탁하면 될 것이다. 촌장님은 언문을 읽고 쓸 줄 아는 분이니까. 세영이는 조선에서 네 어미한테 배웠다."

"엄마가요? 엄마가 언문을 알고 있었나요?"

"그래. 네 어미는 한자도 알았지만, 언문을 쓸 줄 알았지. 우리와는 다른 사람이었으니까!"

"엄마……."

머리가 멍해졌다.

신의 선물

간밤에 비가 내린 탓인지 산길은 꽤 미끄러웠다. 세후는 산길을 오르며 몇 번이나 비틀거렸다. 을씨년스러운 날씨 때문에 팔짱을 끼고 걷다가 질겁하고 말았다. 그럼에도 불구하고 억수는 잘도 걸었다. 지게가 그득하도록 나뭇짐을 해 나르던 솜씨라 그런지 언덕을 오르는데도 발걸음이 가붓해 보였다.

"떡갈나무는 이쪽이 많았어."

전나무가 늘어선 모퉁이를 돌며 억수가 말했다. 뒷모습이 듬직해 보였다.

"나 혼자 왔어도 되는데……."

"괜찮아. 나도 뭔가 돕고 싶…… 아, 그렇다고 동정 같은 건 아니야. 아무튼 이 산길은 내가 더 잘 아니까. 아버지도 도우라고 하셨고."

겸연쩍었던지 억수는 말을 더듬었다. 그 마음 알 것 같았다. 세후는, 자신이라도 그랬을 거라고 생각했다.

촌장 어른께 언문을 배우러 갔다가, 왜 언문을 배우려는 것이냐
는 물음에, 결국 모든 것을 털어놓고 말았다. 자신이 다마쿠라와 한
약속에 대해서. 촌장님은 그때, 몹시 안쓰럽다는 표정을 지으면서
말했다. "네가 우리 마을을 구했구나."

세후는 그게 무슨 뜻인지 물었다. 그러자 촌장님은, "네 아버지
가 못 간다고 했다면 결국 고라이마치에 있는 사기장 중 한둘은 오
란다로 가야 했을 거야."라며 세후의 손을 꼭 잡았다. 그러면서 필
요한 게 있으면 얼마든지 돕겠다는 말도 곁들였다.

그래서 세후는 말이 나온 김에 떡갈나무가 있는 곳을 가르쳐 달
라고 했다. 촌장님은 세후가 유약을 만들려고 한다는 것을 단박에
알아차렸다.

"아무래도 떡갈나무를 태워서 생긴 재로 유약을 만들면 도자기
가 기품을 더할 것이니라."

그러더니 억수에게 따르라고 일렀다. 그 덕분이었다.

"너무 신경 쓰지 마. 난 어차피 나뭇짐 해서 내려가면 되니까."

억수가 발걸음을 멈추고 지게를 내려놓았다.

어느새 써늘한 기운이 사라지고 등골에 땀이 흘렀다. 세후는 한
팔 소매로 이마를 닦고 지게를 풀었다. 낫을 꺼내고 사방을 두리번
거렸다. 그때, 억수가 말했다.

"잠시만 기다려 봐. 내가 먼저 큰 줄기를 자를 테니."

억수는 곧 네댓 걸음 더 올라 굵직한 떡갈나무의 허리에서 뻗어

나간 큰 줄기를 도끼로 내리찍었다.

"쿵!"

깊은 산 전체가 울리는 느낌이었다. 억수가 도끼질을 한 번 할 때마다 그 소리는 메아리가 되어 돌아왔다.

도끼질 서너 번 만에 떡갈나무의 굵은 줄기가 툭 끊어졌다. 세후는 그것을 끌어당겨 낫으로 잔가지를 쳐 내고, 잘라서 지게에 차곡차곡 쌓기 시작했다.

"겁나지 않니? 오란다 말야."

한참 도끼질을 하던 억수가 물었다. 세후는 허리를 폈다.

"오란다보다, 다마쿠라 장군이랑 한 약속을 내가 지킬 수 있을지 그게 더 두려워. 오란다는 그다음이지."

"넌 할 수 있을 거야. 아버지한테 들었어. 네 솜씨라면 충분할 거랬어."

"그러고 싶어. 그래야 아버지도 무사하실 거고."

"그런데 아버지한테는 언제 말하려고?"

"곧 말해야지."

그런저런 말을 주고받으며 시간이 꽤 지났다. 세후의 지게에 떡갈나무 잔가지들이 수북하게 쌓였다.

"땔감에 쓸 게 아니니까, 이 정도면 한동안 충분할 것 같아."

"그래, 그럼 내려가자. 잠시만 기다려. 내가 지게 지는 걸 도와줄게."

억수는 그렇게 말하고 주변의 엉킨 나뭇가지들을 정리했다. 그러고는 도끼를 제 지게 옆구리에 끼워 넣었다.

"아, 아니야. 내가 할 수 있어."

세후는 얼른 다리를 굽히고 지게꼬리를 어깨에 걸친 다음 일어섰다. 그러나 꽤 무거웠다. 한 번에 몸이 일으켜지지 않았다. 세후는 힘을 주어 무릎을 폈다. 비로소 지게가 움직였다. 하지만 몸을 완전히 일으키는 순간, 지게의 중심이 옆으로 쏠렸다.

"어어어!"

소리를 치며 얼른 중심을 잡으려 했지만, 몸은 지게의 무게를 견디지 못하고 휩쓸렸다. 세후는 지게와 함께 가파른 언덕 아래로 자빠지고 말았다. 이어 몸은 주체할 수 없이 데굴데굴 굴러 나무에, 바위에 이리저리 부딪쳤고, 그때마다 지독한 통증이 몰려왔다.

"세후야! 세후야!"

억수의 외침 소리가 연이어 들렸다. 하지만 끊이질 않고 귓가에 맴돌던 목소리는 어느 순간, 희미하게 잦아들었다.

얼마쯤이나 시간이 지난 걸까?

세후는 달리고 있었다. 들판을, 숲길을 그리고 해안 절벽 길을. 그러면서 자신도 모르게 중얼거렸다.

배를 타야 해.

다행스럽게도 저 멀리 히라도 포구에 배가 보였다. 엄청나게 큰

배였다. 돛을 어찌나 많이 달았는지 파란 하늘을 다 뒤덮을지 모른
다는 생각이 들었다.

세후는 더 빨리 뛰었다. 사람들과 부딪치며 가까스로 선착장에
닿았다.

그런데 누군가 앞길을 막았다. 일본 병사들이었다.

나는 배를 타야 해요.

하지만 병사들은 창칼을 뽑아 들고 세후를 위협했다. 세후는 외
쳤다.

난 오란다에 가야 한다고요!

그래도 소용없었다. 병사들은 꼼짝도 하지 않았다. 그러다가 어
느 순간, 병사들 틈에서 누군가 고개를 내밀고 말했다. 가만 보니,
다마쿠라 장군이었다.

오란다에는 네 아비가 갈 것이다!

안 됩니다. 그건 약속이 다르지 않습니까? 제가 아버지를 대신
해서 오란다에 갈 것입니다.

세후는 발악하듯 소리를 질렀다.

그러다가 눈을 떴다.

처음에는 사방이 캄캄했다. 지금 여기는 어딘지, 무엇을 하고 있
는지조차 가늠이 되지 않았다. 시간이 조금 더 지난 후에야 눈앞에
무언가 희미하게 보이기 시작했는데, 그걸 깨닫는 순간 몸 이곳저곳
에 통증이 느껴졌다. 앞머리, 가슴, 허벅지와 무릎, 발끝까지. 어떤

곳은 뼛속까지 욱신거렸다.

세후는 누운 채로 고개를 돌려 보았다. 그때, 머리에 얹혀 있던 물수건이 옆으로 떨어졌다. 이어 파르르 떨고 있는 호롱불이 보였고, 그 너머로 엄마의 얼굴이 보였다.

엄마는 벽에 기댄 채 잠들어 있었다. 옆으로 목을 늘어뜨린 채, 금방이라도 쓰러질 듯했다.

"어……엄……."

입술을 움직였다 싶었는데, 엄마가 화들짝 놀라 일어났다.

"세후야! 정신이 들어?"

엄마가 가까이 다가왔다. 세후는 누운 채로 고개를 끄덕였다. 그러고는 윗몸을 일으켰다. 순간, 가슴 쪽으로 짜릿한 통증이 몰려왔다. 숨이 멎을 듯 아팠다.

"아니다. 누워 있어. 지금 일어나면 안 돼."

"……."

"아버지가 그러는데 갈비뼈에 금이 간 것 같다더구나."

그러나 세후는 기를 쓰고 일어나 앉았다.

그러고 보니 옷을 찢어 묶은 건지, 오른쪽 어깨에서 왼쪽 옆구리 쪽으로 흰 천이 단단히 매여 있었다. 호롱불 아래라 잘 보이지 않았지만, 팔과 다리에도 긁히고 찢어진 상처들이 여기저기 보였다. 가슴께는 욱신거렸고, 팔다리는 뼈마디마다 시큰거렸다. 몸을 거누기가 여간 버거운 게 아니었다.

"어서 더 누워 있거라. 그래도 이만하길 다행이다. 그 골짜기에서 굴렀으니⋯⋯."

엄마는 금방이라도 눈물을 흘릴 것만 같았다.

"떡갈나무는요? 유약을 만들어야 하는데⋯⋯."

"그런 거 걱정할 때가 아니야. 지금은 몸부터 돌봐야지. 보름은 꼼짝 않고 누워 있는 게 좋겠다고 하시더라."

"네? 그건 안 돼요! 시간이 없어요."

"시간?"

엄마가 고개를 갸웃거리며 물었다.

"아니, 저⋯⋯ 아무튼 저 좀 일어나게 해 주세요."

"안 된다니까. 적어도 며칠 동안은 쉬어야 해."

별수 없었다. 세후는 더 이상 어쩌지 못하고 깊은 숨만 들이쉬었다. 엄마가 내미는 약사발을 받아 들고 단숨에 들이켰다.

그런데 그때, 엄마가 주저하는 듯하다가 물었다.

"그런데 세후야, 오란다로 가야 한다는 게 무슨 말이냐?"

"네?"

"잠든 채로 계속 헛소리를 하더구나. 오란다를 가야 한다고. 장군과 약속을 했다고."

"아, 아무것도 아니에요."

세후는 고개를 가로저었다. 하지만 엄마는 다시 물었다.

"무슨 일이니? 엄마한테도 이야기하면 안 되는 일이야?"

세후는 아무런 대답도 할 수가 없었다. 물론 언제까지 숨길 수는 없겠지만, 지금은 아니라는 생각이 들었다. 다마쿠라의 허락을 받은 뒤에, 당당하게 말하는 편이 나을 것이었다.

"이런 말을 해서는 안 되는 줄 알지만, 내가 새엄마라서 그런 거니?"

"아, 아니에요. 그런 건 아니에요."

세후는 세차게 고개를 저었다. 그러느라 머리가 아팠다.

"세후야. 내가 비록 너를 낳지는 않았지만, 단 한 번도 너를 내 자식이 아니라고 생각한 적은 없단다. 너는 누가 뭐래도 내 아들이고, 내 목숨보다 소중하단다."

"……!"

"말하기 어렵다면……. 그래, 좀 더 쉬어라. 곧 새벽이니, 죽을 쑤어야겠다."

그러고서 엄마는 일어났다. 세후는 가슴이 먹먹해졌다. 그게 아닌데! 아무리 새엄마라도, 그래서 그런 건 정말 아닌데!

결국 세후는 입을 열고 말았다.

"제가 아버지 대신 오란다를 가기로 했어요."

순간, 문을 열고 나가려던 엄마가 우뚝 멈추어 섰다. 그러더니 한 달음에 옆으로 다가와 앉았다.

"뭐? 지금 무어라고 했니? 네가 오란다를 간다고? 그게 무슨 말이야?"

"말씀드린 대로예요. 다마쿠라 장군님과도 약속을 했고요. 내년 봄까지 제가 다마쿠라 장군이 원하는 도자기를 구워 오면 아버지 대신 저를 보내 주신다고 했어요."

"세상에! 아, 안 돼. 세후야! 말도 안 돼!"

엄마의 얼굴은 새파랗게 질려 있었다.

"아니요, 제가 가야 해요. 점점 앞을 보지 못하는 아버지를 어떻게 오란다에 보내요?"

"세, 세후야! 어떻게 네가…… 절대 안 돼!"

엄마는 세후의 팔을 붙잡고 흔들었다. 하지만 세후는 어금니를 꽉 물었다.

"오란다가 어떤 곳인지도 모르잖니? 서양 오랑캐가 득실대는 그런 소굴에 너를 어찌…… 안 돼! 내가 장군님이라도 만날 테다! 엄마가 나서서 사정해 볼게."

"아니요! 그만두세요. 그게 장군님을 더 노엽게 할지도 몰라요. 이게 우리가 살 길이라고요."

"그래도 이건 아니야. 너 혼자 오란다로 가게 할 수는 없어. 아버지도 가만히 계시지 않을 거야."

"때가 되면 아버지에게도 말씀드릴 거예요."

"아니! 절대 있을 수 없는 일이야!"

엄마는 결심이라도 한 듯 단호하게 머리를 젓고는 다시 벌떡 일어났다. 하지만 그 순간, 새벽빛이 부옇게 스며들던 방문이 벌컥

열렸다. 동시에 아버지가 뛰어 들어왔다.

"지금 무슨 말을 하는 것이냐? 오란다가 어떻다고?"

"아, 아버지!"

"어서 말하지 못해? 오란다를 네가 간다고? 다마쿠라가 약속을 했다는 건 무슨 말이냐?"

세후는 고개를 숙인 채 아무 말도 하지 못했다. 그럴수록 아버지는 계속 다그쳤다.

"어서 말하지 못하겠느냐?"

"센세이, 세후 아파요. 몸 좀 추스른 다음에……."

"아비 말이 말 같지 않은 게냐?"

엄마가 나서서 아버지를 말렸지만, 아버지의 목소리는 더 커지기만 했다. 하는 수 없이 세후는 고개를 들었다.

"들으신 그대로입니다. 제가 아버지 대신 오란다에 가겠다고 했습니다."

"뭣이? 네놈이 지금 제정신으로 하는 말이냐?"

"다마쿠라 장군님이 약속했어요. 제가 도자기만 빚으면……."

"누구 맘대로?"

"네?"

"내가 이렇게 사지가 멀쩡한데 무슨 가당치도 않은 소리를 하는 것이냐?"

"아버지!"

"오란다로는 절대 못 보낸다. 가도 내가 가!"

아버지가 단정을 짓듯 말했다. 더 이상 말할 필요도 없다는 투로. 하지만 세후는 숨을 길게 내쉰 다음 말했다.

"제가 가야 해요. 아버지가 가시면 엄마랑 누나는 어쩌라고요?"

"이놈!"

"세후야! 그럼, 이 엄마는? 네가 가면 이 엄마는?"

아버지는 목소리를 높였고, 엄마는 눈물을 글썽이며 가슴을 쳤다. 엄마의 말에는 차마 무어라고 대꾸할 수가 없었다. 세후는 깊은 숨만 내쉬었다.

"어찌 됐든 안 된다. 내가 가기로 한 거니까, 내가 가야 한다. 그리 알거라."

그러고서 아버지는 일어났다. 하지만 세후는 아버지 등 뒤에 대고 물었다.

"어째서죠? 왜 제가 가면 안 되는 거냐고요?"

"어허! 그래도 이놈이!"

"저를 못 믿으시는 거죠?"

아버지가 돌아섰다. 하지만 아버지가 입을 열기 전에 세후는 한마디 더 했다. 가슴이 많이 떨렸지만, 지금이 아니면 할 수 없을 것 같아서였다.

"아버지는 조선으로 가셔야지요. 그래서 제가 가는 거예요."

"무슨 말이냐?"

"제가 가야 다시 돌아올 수 있고, 그런 뒤에야 아버지든 저든, 조선으로 갈 수 있다고요! 모르시겠어요?"

그 말에 아버지는 이맛살을 더 찌푸렸다.

솔직히 세후로서는 알 수 없는 일이었다. 돌아올 수 있을지, 돌아온다고 하더라도 정말 아버지가 조선으로 갈 수 있을지, 그건 알 수 없는 일이었다. 하지만 그렇게 말할 수밖에 없었다. 그걸 믿고 싶었다. 그래야만 아버지의 희망도 지킬 수 있고, 자신의 희망도 고스란히 간직할 수 있을 것 같았다.

"됐다. 오늘은 쉬고, 나중에 다시 이야기하자."

그 말을 남기고 아버지는 방에서 나갔다. 엄마는 따라 나갈 듯하다가 다시 앉았다.

"도대체 왜 그런 생각을 한 거니? 왜 네가 가겠다는 생각을 한 거냐고!"

"말씀드렸잖아요. 아버지는 이제 앞도 잘⋯⋯."

"정말이냐? 단지 그것 때문이야?"

"네? 그게 아니면 무슨 이유 때문이겠어요?"

"혹시 엄마 때문은 아니고?"

엄마는 무슨 결심을 한 듯했다. 금세 얼굴이 딱딱하게 굳은 채로 물었다.

"무슨 말씀이세요?"

"이 엄마가 네 친엄마가 아니라서? 그래서 실망한 거야?"

"아, 아니에요."

세후는 고개를 저었다. 너무 힘껏 도리질을 치는 바람에 상처가 난 쪽의 머리가 아팠다.

"그런데 왜? 한 번도 그런 적이 없었는데, 말도 공손하게 하고. 마치 남을 대하듯 하는구나. 요즘은 네가 정말 낯설어. 하지만 그건 엄마 잘못이 아니잖니?"

"……"

"혹 내가 일본 사람이라서 그런 거니?"

"아니에요. 아니라니까, 왜 그러세요?"

세후는 소리를 높였다. 엄마는 깜짝 놀란 듯 어깨를 움찔 떨었다.

"세, 세후야!"

"죄송해요. 하지만 생각해 보세요. 아버지가 가면, 나머지 식구들은 어떻게 살아요. 그리고 눈도 보이지 않는 아버지가 오란다에 어떻게 가냐고요."

"그렇다고 내가 너를 어떻게 보내겠니?"

"그럼, 아버지를 보내실 거예요?"

"그, 그건……"

순간 엄마는 당황하는 눈빛이었다. 그래서 세후는 곧바로 말을 이었다.

"걱정 마세요. 저는 돌아올 거예요."

"그걸 어떻게 장담한단 말이냐?"

"다마쿠라 장군님이 약속하셨어요. 이 거래가 잘 성사되어 히라도에 큰 도움이 된다면 반드시 그렇게 하겠노라고 하셨어요."

결국 거짓말을 하고 말았다. 세후는, 말하는 순간 가슴이 탁 막혔지만 티를 내지 않으려고 애썼다.

"장군님이 그러셨다고?"

"네. 그러니까 저 좀 도와주세요. 일단 제가 만든 도자기가 장군님의 마음에 들어야 해요. 그러기 위해서는 부지런히 배워야 하고요."

"그래서 그렇게 쉬지 않고 도자기를 빚은 게로구나."

"하지만 아직 멀었어요."

"세후야……."

엄마의 목소리가 낮아졌다. 무슨 말을 하려는 것인지 오래도록 머뭇거렸고, 한동안 뜸을 들였다. 그러더니 잔뜩 젖은 목소리로 입을 열었다.

"아버지가 그런 말을 했는지 모르지만, 이 엄마는 어릴 때…… 모든 것을 잃었단다. 아버지 어머니 형제와 자매까지. 우리 세후처럼 전쟁이 내 모든 것을 앗아 갔지. 그때 고작 예닐곱 살이었던 난 너무 무섭고, 힘들었단다."

엄마는 고개를 떨어뜨린 채 말을 이어 갔다. 눈물에 젖은 목소리는 많이 떨렸고, 자주 끊겼다.

"하지만 조금 더 시간이 지나니까, 이런 생각이 들더구나. 이제 더 잃을 게 없잖아. 오직 내 몸뚱이 하나뿐이잖아. 그러니까 괜찮아. 그래서 난 아무것도 가지지 않기로 했단다. 아무도 좋아하지 않았고, 옷 한 벌 노리개 하나도 탐내지 않았어. 잃을 때의 슬픔을 너무나 잘 알고 있기 때문에……."

엄마는 가끔 입술을 깨물었다. 단지 울음을 참느라 그런 걸까, 아니면 기억하기가 괴로워서일까. 알 수 없었다.

세후는 아무런 대꾸도 할 수가 없었다. 그냥 귀를 기울이고 듣는 수밖에는. 엄마가 왜 이런 말을 하는지조차도 알 수 없었다.

"그런데 다마쿠라 장군께서 어느 날 이리로 가라고 하더구나. 처음엔 조선인 도공이란 말에 너무나 무서웠단다. 나보다 열 살이나 더 많은 분이고……. 무슨 말인지 알겠니? 그런데 와서 보니, 네가 있더구나. 너를 처음 보던 순간이 지금도 기억난단다. 작은 포대기 안에서 나비잠을 자던 네가 문득 눈을 뜨고 나를 쳐다보더니, 해맑게 웃었단다. 꼬물거리면서 나와 눈을 맞추고 얼마나 예쁘고 환하게 웃어 주던지! 그 순간, 모든 두려움이 싹 가시더구나!"

눈물에 젖은 엄마의 뺨이 붉었다. 그런 낯으로 엄마는 세후를 쳐다보면서 웃었다. 하지만 세후는 눈물이 났다. 흐르는 눈물을 멈출 수가 없었다.

"그때 난 생각했단다. 아무것도 없는 나에게 신께서 선물을 내리셨구나. 어미 아비를 데려간 대신 더 큰 선물을 주셨구나! 그때부터 넌 나의 모든 것이었단다. 아무리 힘들어도 네가 있어서 참을 수 있었고, 견뎌 낼 수 있었어. 너만 보면 언제나 기운을 낼 수 있었지. 그런데……."

갑자기 엄마가 다시 고개를 수그리더니 어깨를 들썩거렸다.

"그런데 이제 또 너를 잃어야 하니? 왜? 난 아무 잘못도 없는데? 왜 내가 너를 잃어야 하니?"

세후는 가슴이 탁 막혔다. 가슴속에서 뜨거운 것이 북받쳐 올랐다. 세후는 주먹을 꽉 쥐고 소리를 내지 않으려 노력했다. 그럴수록 가슴은 더 아팠다. 자꾸만 숨이 막혔다.

"세후야! 말해 보렴! 내가 무슨 잘못을 했기에 너마저 잃어야 하는 건지! 응, 세후야!"

죄송해요. 정말 죄송해요. 세후는 속으로 중얼거렸다. 그것 외에는 더 이상 할 말이 없었다. 주먹을 너무 세게 쥐어서 손이 아팠다. 그러나 펼 수가 없었다. 더욱 어금니를 굳게 물어야 했다.

흰 눈 위의 동백꽃

소나무 장작과 함께 넣은 솔가지가 연신 타닥타닥 소리를 내며 타들어 갔다. 일단 불이 붙자 불길은 가마 안으로 단숨에 빨려 들어가기 시작했다.

한참 동안 나무를 던져 넣던 아버지는, 일어나 불구멍을 들여다보았다.

"보아라! 큰 그릇을 가마의 한가운데 놓아 불의 흐름을 잘 이끌어야 해. 이것은 불길을 양쪽으로 내어 물 흐르듯이 해 주어야 한다는 뜻이니라. 그래야 가마 안으로 불기운이 골고루 균형 잡히게 퍼져 나갈 게야. 그래! 불은 물과 같은 이치이니라. 물은 아래로 흐르고, 불은 위로 치솟는다는 원리만 다르지. 불길이 가마 안으로 골고루 흐르지 않으면 어떤 그릇은 깨지고 어떤 그릇은 덜 구워질 것이다. 알아듣겠느냐?"

아버지가 가마의 불구멍을 들여다보더니 숨도 쉬지 않고 말했다. 세후도, 아버지가 비켜나자 불구멍을 들여다보았다. 정말로 불길이 그릇들 사이로 유유히 흐르는 것처럼 보였다. 이전에도 불구멍을 들여다본 적은 있었지만, 그런 말을 듣고 나서인지 더 그렇게 보였다.

"그리고 거듭 말했지만, 나무를 넣을 때도 반드시 잘 말랐는지 살펴거라. 특히 초벌을 구울 때, 덜 마른 장작이 들어가면 그릇이 제대로 구워지지 않는다. 물론 불을 때는 날의 날씨나 바람의 방향에 따라서도 유의해야 함을 잊지 말거라! 처음에는 천천히, 그리고 보아 가면서 나무를 더 넣어 줄지 말지를 결정하거라."

확실히 잔소리가 많아졌고, 했던 소리를 하고 또 해 댔다. 이전보다 더 예민해진 게 틀림없었다. 아버지는 아주 작은 실수에도 일일이 꾸중을 늘어놓았다.

세후는 대답을 하지 않고 고개만 끄덕였다. 그런데 그게 못 미더웠던지, 한 소리 더 했다.

"건성으로 듣지 말거라. 불을 잘 다루어야 진정한 사기장이다. 그래서 예로부터 그릇은 아무나 빚을 수 있어도 불은 아무나 다루지 못한다 했다. 오죽했으면 불을 가장 잘 다루는 사기장을 불대장이라고 했겠느냐?"

"알겠습니다, 아버지."

세후는 아버지의 잡도리하는 말에 또박또박 대답했다.

하지만 세후는 안타까웠다. 아버지는 더 이상 오란다에 갈 수 없다며 세후를 몰아붙이지 않았지만, 그래서 다행이라는 생각도 들었지만, 한편으로는 가슴에 구멍이 뚫린 듯 쓸쓸했다. 거듭 잔소리를 하면서도, 아버지의 목소리에는 기운이 없었다.

아버지가 종일 집을 비우고 온 다음 날부터 그랬다. 엄마에게 물으니, 그날 아버지는 다마쿠라를 만나고 온다며 나갔다고 했다.

그날 밤, 아버지는 아무 말도 하지 않고 앞마당 평상에 앉아 밤새 술을 들이켰다. 쌀쌀한 초겨울 바람에도 아랑곳하지 않고 술병을 두 개나 비웠다. 그러고는 새벽에 료헤이와 일꾼 두 사람을 부르더니 흙을 쌓게 하고 꼬막 밀기를 시켰다. 그러더니 종일 그릇을 빚었다. 다음 날에는 세후를 불러 앉혀 놓고는 온갖 잔소리를 해대며 그릇을 빚게 했다. 그날 새벽부터 밤늦게까지 세후는 단 한 번도 물레 앞을 떠날 수가 없었다.

하지만 그게 끝이 아니었다. 이튿날에는 사흘에 걸쳐 유약 만드는 방법과 유약 바르는 방법을 일러 주었다. 그런 뒤에는 그릇에 그림을 그리게 했고, 조금이라도 마음에 들지 않게 그림이 그려진 그릇은 그 자리에서 깨뜨려 버렸다.

보름이 넘도록 반복했고, 그러는 동안 세후는 왜 이러는 거냐고 입속으로 수없이 물었다. 하지만 입 밖으로는 단 한 번도 꺼내지 않았다. 아버지도 대답하지 않았으며, 당연하다는 듯 새벽부터 밤까지 세후를 몰아세웠다. 문득 다마쿠라가 무어라 했느냐고 묻고 싶었지만, 참았다.

세후가 그나마 다행이라고 생각했던 건, 더 이상 아버지가 오란다에 가지 말라는 소리를 하지 않는 것이었다.

"이리 와서 앉거라!"

아버지는 가마 앞에 털썩 주저앉았다. 고사를 지내고 남은 과일과 멧돼지 고기가 그대로 놓여 있었다. 일본인들은 그다지 탐탁하게 여기지 않았지만, 아버지는 가마에 불을 때기 전에 꼭 고사를 지내곤 했다. 고사를 지내지 않으면 가마신이 노한다고 믿기 때문이었다.

세후는 아버지 맞은편에 앉았다.

"한 잔 받거라!"

아버지가 술병을 들었다. 세후는 머뭇거렸다.

"괜찮다. 아비가 주는 것이니 받아도 된다. 이제 너도 가마에 불을 땔 나이가 되었으니, 한 잔쯤은 괜찮다. 받거라."

세후는 앞에 놓은 사발을 두 손으로 들었다. 아버지가 술잔에 술을 가득 채웠다. 세후는 고개를 돌려 한 모금 찔끔 입안에 넣었다.

"다시 한 번 말하지만, 네가 고작 눈멀어 가는 아비를 위해서 오란다로 갈 생각을 했다면 이제라도 늦지 않으니 포기하거라."

아버지는 단숨에 한 잔을 비우고 나서 작정한 듯 입을 열었다.

"무슨 말씀이십니까?"

"나는 네가 집을 떠나 멀리 가는 걸 걱정하는 게 아니다. 오히려 남들이 하지 않은 일을 해 보고, 가지 못한 곳을 가 보는 건 사내가 할 만한 일이다."

아무 대꾸도 하지 않았지만 세후는 속으로 물었다. 그런데 왜요? 무얼 걱정하시는 건데요? 그러자 그에 대답하듯, 곧바로 아버지가 말했다.

"아비가 듣기로는 오란다 말고도 포도아는 물론 수많은 오랑캐의 나라들이 있다고 들었다. 아무리 서양 오랑캐라도, 그들도 사람이야."

"네?"

"네가 오란다에 가서 만드는 그릇을, 모든 서양 오랑캐들이 볼 것이다. 처음으로 조선인 사기장이 만든 그릇을 말이다!"

순간 가슴 한복판이 서늘해져 왔다. 무슨 말인지 알 것 같았다.

"사기장에게 그릇은, 그 자신의 얼굴이고 자존심인 게야. 가서 조선의 사기장으로 부끄럽지 않을 수 있겠느냐, 이 말이다."

그 말을 듣고 나니 더 할 말이 없었다. 부끄러워 얼굴이 빨개졌다. 어둑해서 아버지에게는 보이지 않을 테지만, 고개를 들 수가 없었다.

"다마쿠라가 그러더구나. 나는 믿지 못해도, 너는 믿을 수 있다고……."

별이 반짝이는 하늘을 멍하니 올려다보던 세후는 문득 귀를 세웠다. 침을 꿀꺽 삼켰다. 아무 말도 할 수가 없었다.

"이제 나도 나를 믿을 수가 없구나."

"아버지!"

"아무 말 말거라. 너무 많은 시간 동안 허송세월을 보냈구나. 애초에 조선으로 돌아갈 수 없다는 걸 알긴 알았다만……. 하지만 세후야. 내가 그토록 조선으로 가려 했던 건, 비단 거기가 내 나라이기 때문만은 아니란다."

그 말을 하고 나서 아버지는 긴 한숨을 내쉬었다. 그때, 세후는 머뭇거리다가 입을 열었다.

"하지만 조선은 아버지를 천대했다고 들었습니다."

"그랬다. 그랬으니 돌아가 봐야, 왜놈 취급하겠지. 그래서 더욱 돌아갈 결심을 한 것이다."

"무슨 말씀이세요?"

"내가 빚는 그릇이 어떤 것인지 꼭 돌아가서 반드시 보여 주고 싶었다."

아버지는 충분히 훌륭하세요. 세후는 그렇게 말하고 싶었다. 하지만 말이 나오지 않았다. 아니, 그 말을 할 틈도 없이 아버지가 뒷말을 이었다.

"이제 네가 보여 다오!"

"네?"

"비록 조선으로는 갈 수 없을지라도, 어딜 가서든 우리가 어떤 도자기를 만드는지, 그게 얼마나 대단한 것인지 꼭 보여 주란 말이다!"

눈물이 날 것 같았다. 그래서 세후는 고개를 돌렸다. 다시 먼 하늘을 올려다보았다.

아무도 밟지 않은 눈길을 걸었다. 한 발 내디딜 때마다 뽀드득뽀드득 소리가 났다. 그 소리가 싫지 않아서, 세후는 일부러 발끝에 힘을 주어 걸었다. 그러자 그 경쾌한 소리처럼 맑은 엄마의 목소리가 생생하게 귓전에 되살아났다.

"히라도에 눈이 온 걸 본 건 태어나서 몇 번 되지 않아! 좋은 일이 생기겠구나!"

이른 아침, 막 방문을 열고 나왔을 때 눈을 쓸던 엄마는 세후를 보고 환하게 웃어 주었다. 그래서 세후도 마주 웃었다. 그러자 엄마는 한마디 더 했다.

"이곳 히라도는 눈이 잘 오는 곳이 아니란다. 마침 오늘 눈이 왔으니, 좋은 일이 생길 거야."

그러고 보니 어릴 때부터 겨울마다 눈이 온 것은 아니었다. 눈이 온다 해도 이렇게 복스럽게 내린 적은 없었다.

눈 내린 집 안팎의 모습은 곱고 예뻤다. 간밤에 온갖 생각들로 잠을 제대로 이룰 수 없어서 몸이 무거웠지만, 기분은 나쁘지 않았다. 찬바람마저 상쾌했다.

그래서 서둘러 아침밥을 먹고 집을 나서면서도 발걸음이 아주 무겁지만은 않았다.

이따금씩 숲에서 새가 날아올랐다. 나뭇가지에 쌓인 눈이 후드득 떨어져 내렸다. 그때마다 세후는 숨을 길게 내쉬었다.

"세후! 염려하지 마. 잘될 거야!"

옆에서 따라오던 료헤이가 말했다. 세후의 긴 숨소리가 한숨처럼 들렸던 모양이다. 게다가 집을 나서면서부터 거의 한 마디도 하지 않고 같이 길을 가기가 멋쩍기도 할 것이었다.

"네, 고마워요."

세후는 씩 웃으며 돌아보았다.

"내가 보기에는 센세이가 만든 그릇이랑 다를 바 없어."

"아니에요. 어떻게 제가 아버지를 따라가요."

세후는 고개를 저었다.

"공연히 세후를 위로하려고 하는 말이 아니야. 나도 여기에 오기 전에 장사하는 아버지를 따라 별의별 그릇을 다 보고 다녔어. 일본과 조선의 그릇은 물론이고, 명나라 그릇까지 말이야. 그런데 센세이가 만든 그릇만 한 게 없었어. 내 눈에는 말야. 화려하지도 않으면서 고급스러워. 특히 센세이가 구운 백자를 보고 있으면, 정말 가슴이 막 뛰더라구. 다마쿠라 장군이 센세이를 각별히 생각하는 이유를 알 것 같아. 그런데 세후가 만든 그릇도 그에 못지않아."

그럴까? 솔직히 자신이 없었다.

몇 달 동안은, 밤을 새운 날이 더 많을 만큼 도자기를 빚었고, 가마를 식힐 틈도 없이 또다시 그릇을 구워 내곤 했다. 나중에는 손이 부르터 흙이 닿을 때마다, 아니 물기만 살짝 닿아도 아프고 쓰렸다.

그래도 세후는 물레를 돌렸고, 그릇을 만들어 냈다.

스스로 깬 그릇만 해도 수십, 아니 수백 개가 넘을 것이었다.

그러는 동안, 아버지는 모질고 혹독했다.

"이따위로 그릇을 빚으려거든 당장 그만두거라. 이래서 어찌 조선의 사기장이 되겠다는 소리를 하는 것이냐?"

그런 말을 시도 때도 없이 내뱉었고, 잠깐 졸기라도 하면, 찬물에 온몸을 씻고 오라고 몰아댔다.

그럼에도 불구하고 정말 도자기를 빚는 솜씨가 나아졌는지는 알 수 없었다. 다만, 어렴풋이나마 깨달을 수 있었던 게 하나 있었다.

'도자기는 단순히 물건을 만드는 것이 아니라 내 영혼을 불어넣는 것이구나! 그래서 조선을 빚는다고 했던 건가?'

그런 뒤부터는 밤을 새워도 졸지 않았고, 눈을 감고도 물레를 돌릴 수 있었다. 그러자 불의 색깔만 보고도 대략 그릇이 어느 정도 구워졌는지, 나무를 더 넣어야 하는지, 가마를 식혀야 하는지도 알게 되었다. 하지만 그걸 깨달았을 무렵에는 어느새 다마쿠라와 약속한 날짜가 다 되어 있었다. 뒤늦게야 시간이 야속했다.

세후는 다시 한 번 긴 숨을 내쉬었다. 그러고는 더 부지런히 걸었다. 그 바람에 발은 시렸지만 등에서는 땀이 났다. 그즈음, 료헤이가 혼잣말하듯, 한마디 더 했다.

"정말 센세이 말대로 조선의 도자기는 신의 선물이야!"

"네? 그게 무슨 말이에요? 아버지가 그런 말씀을 하셨어요?"

"응. 조선에서는 천하게 여기는 도공으로 태어났지만 그래도 겨우 목구멍에 풀칠했던 것도, 여기에 와서 목숨 줄 붙잡아 준 것도 바로 그릇이었다고! 신께서 천한 생명을 주셨지만, 또 이렇듯 훌륭한 선물을 주셨노라고!"

그 말을 듣는 순간, 세후는 걸음을 멈추고 말았다.

'그릇이 아버지의 생명이었구나.'

가슴 언저리가 아팠다. 아버지의 얼굴이 생각났고, 그 모습이 또렷하게 그려질수록 더 아팠다. 세후는 주먹을 불끈 쥐고 다시 걷기 시작했다.

세후는 료헤이에게 말했다.

"료헤이! 혹 제가 오란다로 가게 되더라도, 아버지 잘 부탁드릴게요."

"응? 무슨 소리야. 돌아와야지! 얼른 갔다가 와야지!"

"네, 그럴 수만 있다면요. 그리고 료헤이도 아주 훌륭한 도공이 될 거예요."

"내, 내가? 정말 그리될까?"

"그럼요! 아버지가 계시잖아요."

"그, 그렇지. 센세이께 죽자 살자 배우면 되겠지?"

그렇게 말하고 료헤이는 씩 웃었다. 그런 료헤이의 얼굴을 보면서 세후는 입속으로 말했다.

'당신이 부러워요. 당신의 나라에서 살고 있는 당신이 정말 부럽

습니다!'

그리고 그때쯤, 무심코 고개를 들자 히라도 성이 보였다.

눈 덮인 히라도 성은 차라리 예뻤다. 웅장한 모습이라기보다는 햇살을 받아 반사하는 눈 때문인지 눈이 부셨다. 그때부터 세후는 발걸음이 무거워졌다. 가슴이 빨리 뛰기 시작했고, 애써 머릿속 한쪽으로 밀쳐 두었던 걱정들이 되살아나기 시작했다.

'과연 다마쿠라는 내 도자기를 보고 무슨 말을 할까? 혹 맘에 들지 않는다고 하면? 아, 만약 그리된다면 아버지가 오란다로 가야 하는 거 아닐까? 아, 안 돼! 절대 안 될 일이야!'

그러자 몸이 떨렸다. 세후는 자신도 모르게 어금니를 꽉 물었다. 이런저런 생각들을 털어 내고 부지런히 걸었다.

일부러 더 서둘렀다. 그렇게 얼마를 걸었을까?

히라도 성이 눈앞에 바짝 다가와 있다고 느꼈을 즈음, 붉은 꽃 한 송이가 눈앞에 아른거렸다.

이 눈 속에 핀 꽃이라니!

문득 아버지가 언젠가 말했던, 흰 눈 속에서도 피어난다는 동백꽃이 문득 떠올랐다. 세후는 깜짝 놀라 잠시 걸음을 멈추고 한참을 쳐다보았다. 그런 다음, 그 꽃을 향해 걸었다. 바람 때문인지 꽃이 잠시 흔들렸다.

아!

꽃이 아니었다. 나츠카였다. 빨간 기모노를 입고, 나츠카가 성 앞에 서 있었다. 한동안 만나지 못해서 그렇게 보이는 건지, 화려한 기모노를 입어서 그런 것인지, 나츠카는 훨씬 성숙해 보였다.

"세후!"

나츠카가 다가왔다. 볼이 빨갛게 물들어 있었다.

"왜……?"

세후는 입을 떼었다가 다물었다. 무슨 말을 해야 할지 얼른 떠오르지 않았다. 그러는 사이 료헤이는 허리를 깊이 숙여 나츠카에게 인사를 했다.

"네가 온다고 해서……. 어서 들어가."

나츠카가 앞섰다. 그리고 세후, 그 뒤를 료헤이가 따랐다.

나츠카는 눈 덮인 정원을 지나, 곧장 다마쿠라 장군이 있는 안채 건물로 올라갔다. 그러고는 세후를 바깥 방에 세워 둔 채, 조심스럽게 안으로 들어갔다.

잠시 후, 다시 나츠카가 나왔다.

"들어오라셔!"

세후는 나츠카가 열어 주는 문 안으로 들어갔다. 세 개의 문이 열리고 다마쿠라 장군의 모습이 보였다. 세후는 네 번째 방문 앞에 무릎을 꿇고 앉았다.

료헤이는 보따리를 내려놓고 바깥으로 나갔다. 나츠카도 옆으로 비켜섰다. 세후는 보따리 하나를 앞으로 당겼다.

"촛토마테! 그 보따리를 풀기 전에 들어라!"

다마쿠라가 찻잔을 내려놓으며 말했다. 세후는 우뚝 멈추고 다마쿠라의 다음 말을 기다렸다. 가슴이 아주 벅차게 뛰었다.

"네 아비가 일전에 이곳에 다녀간 것을 알고 있느냐?"

"네, 알고 있습니다."

"그때, 아비가 내게 와서 그랬다. 네가 제대로 도자기를 빚지 못하면, 목숨을 내놓겠다고!"

"네?"

세후는 깜짝 놀라 고개를 들었다. 그러나 생각을 추스를 틈도 없이 다마쿠라가 말을 이었다.

"그래서 그 도자기를 보기 전에, 네게 마지막 기회를 주겠다."

"무슨 말씀이신지요?"

"만약 자신이 없다면, 그대로 들고 돌아가라! 하지만 도자기를 꺼냈는데, 그것들이 내 마음을 흡족하게 만들지 못한다면, 네 아비의 목숨을 거두고, 너 또한 나를 기만한 죄를 물어 큰 벌을 내리겠다."

"장군님!"

세후는 더듬거렸다. 손이 파르르 떨렸다. 그걸 눈치챘는지, 다마쿠라가 되물었다.

"자신이 없느냐?"

"할아버지! 그런 말씀은 없으셨잖아요?"

나츠카가 나섰다. 하지만 다마쿠라는 손을 들었다.

"가만히 있거라. 나는 저 아이한테 물었다."

앞으로 나섰던 나츠카는 다시 뒤로 물러났다. 그러자 다마쿠라
는 다시 세후에게 다그쳤다.

"네가 가져온 도자기를 펼쳐 보겠느냐, 아니면 그냥 가지고 가겠
느냐? 그냥 가지고 가겠다면, 너를 히라도에 남기고 아비를 오란다
로 보내겠다. 어찌하겠느냐?"

세후는 대답하지 못했다.

심장이 터질 것처럼 뛰었고, 입안은 바짝 말랐다. 마른침을 삼켰
지만, 목구멍만 따가웠다. 섣불리 무어라 대답하기 힘들었다.

'돌아갈까?'

문득 그 생각이 먼저 머릿속을 휘저었다. 그리하면 목숨만은 건
질 수 있을 것 같아서였다. 자칫 도자기를 꺼내 놓았다가 다마쿠라
의 심기를 건드리는 날에는 아버지의 목숨을 지킬 수 없을지 모른
다. 그리 생각하니, 도자기를 꺼내 놓고 싶은 마음이 사라졌다.

세후는 어금니를 물고 아버지를 떠올렸다.

'아버지라면 어찌하시겠습니까?'

그 순간, 몇 달 동안 미친 듯이 그릇을 굽던 순간들이 한꺼번에
물밀듯이 몰려왔다가 사라져 갔다. 아버지가 했던 말들이 떠올랐
다. 그중에서도 꼭 한마디만 남았다.

'어딜 가서든, 우리가 어떤 도자기를 만드는지, 그게 얼마나 대단
한 것인지 꼭 보여 주란 말이다!'

세후는 생각했다. 어차피 왜인 한 사람 만족시키지 못할 그릇이라면, 어딜 가서 누굴 만족시킨단 말인가?

그래서 세후는 입을 열었다.

"열겠습니다. 제가 빚은 그릇들을 장군께 보여 드리겠습니다."

"오! 그래? 그럼 각오가 되어 있다는 말이구나. 다시 한 번 말하지만 나는 사무라이로서 허언(헛된 말)은 하지 않는다. 그래도 열겠느냐?"

"네, 열겠습니다."

"좋다. 도자기를 내게 가져오너라!"

다마쿠라가 묘한 미소를 지으며 찻잔을 내려놓았다. 세후는 떨리는 손으로 단단히 묶은 보따리를 풀어 그릇들을 하나씩 꺼내 놓았다. 나츠카가 그것을 하나씩 다마쿠라 앞으로 옮겨 놓았다.

다마쿠라는 한동안 이것저것을 둘러보았다. 세후는 초조했다. 얼마나 어금니를 물었는지 턱이 아팠다. 바로 그즈음이었다.

"흠! 곱구나! 주둥이와 배에서 이어지는 선이 너무 휘어지지도 너무 곧게 뻗지도 않고, 유약 또한 잘 묻었다. 번진 곳도 없이 고르게 말이다. 그리고 사쿠라라?"

다마쿠라가 처음 집어 든 술병은 연분홍 벚꽃이 그려진 백자기였다. 한 손으로는 바닥을, 한 손으로는 목을 쥔 채 이리저리 살펴보면서 다마쿠라는 미소를 지었다.

그때, 세후는 한쪽 옆에 비켜서 있는 나츠카를 힐끗 쳐다보았다.

그러고는 속으로 말했다.

'나츠카, 저건 네 모습이야. 너를 생각하면서 만든 그릇이야. 고마워!'

다마쿠라가 다음으로 집어 든 것은 주전자와 찻잔, 청자기였다. 주전자는 은은한 녹빛에 흰색으로 매화 문양을 넣은 것이었고, 잔 네 개는 민무늬였다.

"이 찻잔은 내가 보던 것보다는 납작하지 않고, 조금 뚱뚱하구나."

"차가 금방 식지 않도록 하기 위한 것입니다. 제가 다도는 잘 모르나 차가 금방 식으면 맛이 덜하다는 것쯤은 알고 있습니다."

이번에도 다마쿠라는 고개를 끄덕였다. 그러더니 호로병을 집어 들었다. 동시에 세후는 말했다.

"물을 담아 보십시오."

그 말에 다마쿠라가 고갯짓을 하자, 나츠카가 물을 가져와 호로병에 담았다. 그리고 그것을 다시 다마쿠라가 빈 그릇에 따랐다.

또르르르. 또록, 또록.

"소리가 경쾌하구나."

"호로병은 주둥이를 어떻게 마무리하느냐에 따라 소리가 달라집니다. 또한 허리를 넓게 하여 쓰러지더라도 술이 많이 흘러넘치지 않도록 했습니다."

다마쿠라는 고개를 끄덕였다. 그러더니 이번에는 접시를 집어

들었다.

"가지각색의 그림을 그렸구나."

"제가 그린 그림도 있고, 누이가 그린 그림도 있습니다."

"흠! 바닥에도 문양을 넣었구나. 가만 보니…… 히라가나인 모양이구나."

그때, 세후는 속으로 대답했다.

'아니요, 언문입니다. 조선의 네 번째 임금님이신 세종대왕께서 창제하셨다는 언문 말입니다. 비록 나는 당신의 땅에서 일본의 흙으로 그릇을 빚었지만, 조선의 글자를 새기고 조선의 정신을 불어넣었습니다. 똑바로 보아 두십시오. 그게 이 히라도에서 나와 나의 아비가 흘린 눈물로 빚은 도자기입니다.'

언문을 곧이곧대로 넣은 것은 아니었다. 촌장님에게서 배운 언문을 그림과 함께, 얼핏 보면 그림의 한 부분처럼 보이도록 한 것이었다. 그래서 얼핏 히라가나로 보일 수도 있을 것이었다.

그런데 접시를 다 살펴본 다음, 다마쿠라가 갑자기 목소리를 높였다.

"네 이놈! 이것이 무엇이냐?"

동백꽃을 그린 화병이었다. 굵은 가지에 초록 잎과 화사한 붉은 꽃이었다.

"동백꽃이옵니다. 제 아비의 고향에 많다고 하였습니다. 히라도에서도 피는 줄로 압니다."

"누가 그걸 모르느냐? 동백꽃은 질 때 잎이 떨어지지 않고 꽃송이째 목을 꺾고 떨어지는 꽃이다. 하여 사무라이들이 가장 꺼려하는 꽃이다. 그런데 감히 동백을 그렸단 말이냐?"

"동백이 일본에서는 그러할지 모르나, 조선에서는 겨울 눈밭에서도 피는 꽃이라 기개와 절개, 또한 목을 꺾어서라도 충절을 다하겠다는 의미를 지닙니다. 그것이 사무라이의 기상과 무엇이 다르겠습니까?"

"무어라?"

"또한 동백나무 꽃잎을 볶아 유약에 섞어 쓰면, 백자기를 더욱 윤이 나게 해줍니다. 그 화병에 가장 정성을 들였다는 뜻입니다."

"흠……."

붉어졌던 다마쿠라의 얼굴이 다시 가라앉았다. 그러더니 잠시 후, 고개를 끄덕이며 말했다.

"이런 정도라면 오란다에 가도 일본의 도예 솜씨가 명나라에 비해 뒤진다고 말할 사람이 많지 않겠구나. 돌아가 기다리거라! 사람을 보내서 알려 주겠다!"

마지막 약속

히라도 포구에 도착한 뒤로, 아버지는 내내 오란다로 가는 배를 쳐다보고 있었다. 아버지의 시선이 단지 그 배에만 가 있는 것이 아님은 세후도 알고 있었다. 자식을 싣고 갈 배를 야속하게 쳐다보면서 실은 그 너머의 파란 하늘을 바라보고 있음을 모르지 않았다.

"저쪽으로 한나절만 가면 탐라도란다. 조선의 가장 남쪽 섬이지."

세후는 언젠가 아버지가 했던 그 말을 떠올렸다. 그러나 공교롭게도 그 앞을 오란다로 가는 서양 오랑캐의 배가 가로막고 있었다. 그리고 그 배에 자신이 타야 한다는 사실에 세후는, 또다시 눈물을 흘릴 뻔했다. 하지만 참았다. 자신이 눈물을 보이면 아버지가 더 힘들어할 것임을 알고 있어서였다.

세후는 담담히 그 배만 쳐다보기로 했다. 돛이 아주 많이 달린 커다란 배. 저 멋진 배를 내가 타고 간다. 알 수 없는 나라 오란다로 가는 배를……. 그런다고 마음이 차분해지지는 않았지만, 그 편이

나왔다.

얼마쯤이나 그 배를 바라보고 서 있었을까. 도자기를 실은 수레들이 모두 배에 실리고 얼마 지나지 않아, 일본 병사들에 이끌려 한 무리의 추레한 사람들이 포승줄에 꿰여 끌려가고 있었다. 틀림없이 조선인 노예들이었다. 그들도 서양 오랑캐들에게 팔려 가는 것이다. 그들은 하나같이 오랏줄에 손이 묶인 채 고개를 숙이고 일본 병사들이 몰아세우는 대로 배에 올랐다. 그 모습을 보자 세후는 가슴이 쓰렸다.

그런데 어느 순간, 그들 사이에서 아는 얼굴이 눈에 들어왔다.

"저, 저…… 칠보 아재!"

틀림없었다. 선착장에서 오란다로 가는 배 위로 끌려가는 노예들 사이에 칠보 아재가 있었다. 세후는 얼결에 그쪽으로 서너 걸음 옮기고 말았다. 그때 아버지가 어깨를 붙잡았다.

세후는 아버지를 올려다보았다. 아버지는 기다렸다는 듯 말했다.

"그나마 다행이구나. 목숨은 부지하고 있으니 말이다."

그래, 그 정도면 되었다, 라고 세후도 생각했다. 아버지가 칠보 아재 때문에 목숨을 잃을 뻔했으니.

세후는 칠보 아재가 배 안으로 사라질 때까지 한참 동안 쳐다보았다. 그리고 그쪽에서 낯익은 사무라이가 걸어오는 것도. 다름 아닌 아카즈키였다.

"배를 타거라. 가야 할 시간이다."

아카즈키가 다가와 말했다. 세후는 고개를 끄덕이고 돌아섰다. 아니, 그러다가 다시 아카즈키를 쳐다보았다. 그러고는 용기를 내서 물었다.

"이게 살아남는 방법인가요?"

뜻밖의 질문이었는지 아카즈키는 미간을 좁혔다. 하지만 곧 주저 없이 대답했다.

"넌 누구보다 훌륭한 도자기를 구웠다. 그리고 고라이마치 사람들을 살렸다. 그리고 또……."

왜일까? 아카즈키는 문득 말을 멈추고 바다 저편을 바라보았다. 뭐죠? 그렇게 되묻듯, 세후는 아카즈키가 다시 입을 열 때까지 기다렸다.

잠시 후, 아카즈키가 말을 이었다.

"그날 다마쿠라 장군께서, 그리고 내가 너를 살려 둔 건 아기씨를 구해 주어서가 아니다."

세후는 깜짝 놀랐다. 너무나 뜬금없는 말이어서 더 그랬다. 세후는 아카즈키의 뒷말을 기다렸다.

"네가 누구보다 그릇을 잘 빚을 거라 믿었기 때문이다."

"……!"

세후는 입을 벌렸다가 곧 닫았다. 무슨 말이라도 하고 싶은데 머릿속은 알 수 없는 생각들로 가득하기만 했다. 살려 줘서 고맙다고 말해야 할지, 아니면?

결국 세후는 아무런 말도 하지 못한 채 돌아섰다. 바로 그때, 아카즈키가 말했다.

"너는 사무라이와 같은 도공이 될 것이다."

"네?"

"우리는 최고의 도공을 사무라이만큼 존경한다. 오란다에 가면, 그곳의 사람들도 너를 우러러볼 것이다."

"그게 무슨 말입니까?"

세후는 얼결에 되물었다. 그런데 별안간 누나가 달려들었다.

"세후! 너 가져! 내일 또 꺾어 줄게."

누나는 오는 길에 길가에서 꺾었던 복사꽃 가지를 내밀었다. 문득 1년 전, 아버지가 쇄환사를 따라 조선으로 간다며 부지런히 고개를 넘어가던 때가 생각났다.

"아니야, 누나 가져. 예쁜 꽃이잖아."

"세후 거 해. 누나는 또 꺾으면 돼. 내일 또 꺾어 줄게."

내일! 정말 내일 또 볼 수 있으면 얼마나 좋을까. 세후는 웃으면서도 그 말에 가슴이 울컥거렸다. 그래서 입속으로 말했다.

'누나, 세후는 내일 돌아오지 않아. 하지만 언젠가는 꼭 돌아올게. 돌아와서 누나가 엄마랑 살던 그 집에도 가 보자. 그때는 내가 그 집 뒤켠에 피어났다는 복사꽃 꺾어 줄게. 누나, 잘 있어!'

그리고 나서 다시 아카즈키를 쳐다보았다. 아카즈키는 아까처럼 먼바다를 바라보고 있었다. 작별의 시간이라도 주겠다는 것일까?

보채지 않았다.

　이번에는 아버지를 쳐다보았다. 아버지는 아무 말도 하지 않았다. 하지만 눈빛은 느낄 수 있었다.

　'미안하다, 내 아들!'

　'아니요. 아버지, 저는 아버지 아들이라는 게 자랑스러워요.'

　'제발 몸 성히 잘 기거라. 그리고 꼭 돌아오너라!'

　'네, 그럴 거예요. 어느 땅에서 어떤 흙으로 도자기를 빚더라도 남부끄럽지 않은 도자기를 빚을 거예요. 그런 다음 돌아올게요. 그때까지 눈 뜨고 계세요. 돌아온 아들 모습 보셔야 하니까요.'

　'그러마! 기다리마!'

　한참을 마주 본 다음, 세후는 입을 열었다.

　"가겠습니다, 아버지."

　"세후야, 엄마, 네 엄마를 위해서라도 꼭 돌아오너라."

　"네."

　세후는 짧게 대답하고 엄마를 쳐다보았다. 고개를 꾸벅 숙였다. 그때, 아버지가 말했다.

　"왜 네게 동생이 안 생겼는지 아니?"

　"네?"

　"네 엄마가 그랬다. 네 동생을 낳고서 너보다 동생을 예뻐하게 되면 어떻게 하느냐고……."

　순간 가슴이 탁 막혔다. 갑자기 주저앉고 싶었다.

"어, 엄마!"

몇 달 동안 나오지 않던 소리가 비로소 터져 나왔다. 잘 참았던 눈물이 주르르 쏟아졌다.

"괜찮아. 엄마는 괜찮아. 그러니까 꼭 몸 성히 돌아와야 해. 알았지? 꼭!"

엄마가 다가와 손을 꽉 잡았다. 세후는 입술을 깨문 채 고개를 끄덕였다. 그동안 엄마를 마음 졸이게 한 자신이 미워서 견딜 수가 없었다.

"어서 가자!"

아카즈키가 나서지 않았다면 큰 소리로 울 뻔했다. 세후는 어금니를 꽉 물고 가까스로 엄마의 손을 놓았다.

세후는 아카즈키를 따르면서도 계속 뒤를 돌아보았다. 엄마가 아버지 품에 안긴 채 줄곧 눈물을 흘리고 있었다. 누나는 생글거리며 연신 손을 흔들어 댔다. 세후도 손을 흔들었다. 그런 다음 성큼 성큼 걸어 배 앞까지 다가갔다. 그때 다시 뒤를 돌아보았다.

아버지와 엄마, 그리고 누나. 그리고 그 뒤에서 연분홍 기모노를 입은 나츠카가 손을 흔들고 있었다. 얼핏 그 모습이 처음 나츠카를 만났을 때 흩날리던 사쿠라 꽃비처럼 보였다.

'나츠카, 너도 잘 있어.'

세후는 입속으로 조용히 말하고 배 위에 올라섰다.

갑자기 설움이 북받쳐 올랐다. 하지만 어금니를 꽉 물고, 한 손을 흔들었다. 다른 한 손은 허리춤을 더듬어, 오래전 아버지가 쥐여 주었던 사금파리 조각을 꽉 잡았다. 너무 힘을 주었던지 손바닥이 아팠다. 그 통증이 가슴까지 전해졌다. 문득, 아버지가 했던 말이 다시 떠올랐다.

'사기장은 그저 그릇을 만드는 게 아니라, 물과 흙과 나무와 불로 조선을 빚는 것이니라!'

세후는 큰 소리로 외쳤다.

"꼭 돌아올게요!"

작가의 말

제주도 동녘 끝에서 만나는 섬 우도, 그곳에서 더 동쪽으로 나서면 아주 작은 섬 비양도에 이릅니다. 그 섬의 노란색 등대 아래서 귀를 기울이면, 바다를 건너 고작 한나절이면 다다를 수 있는 일본의 서쪽 섬 히라도에서 이 이야기의 주인공 세후의 목소리가 들려옵니다.

"내가 아버지의 나라로 돌아가지 않고, 오란다(네덜란드)로 가는 배를 탄 이유는, 내 삶은 내가 결정하고 내가 주인공으로 살아가겠다는 뜻입니다!"

이 이야기는 임진왜란이 끝나고 10여 년이 지난 후, 바다 건너 일본의 낯선 섬 히라도에서 시작됩니다. 고려 말, 여몽 연합군이 상륙했던 곳이며, 네덜란드와 포르투갈의 무역 사무소가 개설되었고, 일본 최초의 서양 교회가 발을 내디딘 곳이기도 하지요. 그곳에는 조선과 일본이 있었으며, 유럽이 발을 디밀고 있었습니다.

하지만 나는 그런 역사의 한 장면을 웅장하게 그려 내고 싶은 욕심이 있었던 것은 아닙니다. 다만 홀로 감당하기 힘든 그 시간의 빈틈에 던져진 한 소년이 자신의 삶의 주인공이 되어 가는 이야기를 만나고 싶었을 뿐입니다. 시대는 달라도 그 작은 몸부림은 지금 우리들이 '더 나은 어른'이 되기 위해 발버둥치는 모습에 다름 아니기 때문입니다.

또 한 작품을 내놓는 부끄러움이 이루 말할 수 없는데, 그럼에도 더 쓰고 싶은 욕심이 넘치니 가소로운 일이 아닐 수 없습니다. 결국 묵묵히 정성을 다해 한 걸음씩 나아가는 수밖에요. 그래도 부족하면 어떤 질책도 달게 받을 생각입니다.

기꺼이 원고를 받아 주신 출판사 대표님을 비롯해, 원고를 끝까지 꼼꼼하게 다듬어 주신 출판사 식구들, 아울러 이 이야기가 책으로 나오기 전부터 미리 읽고 충고를 아끼지 않은 나의 크고 작은 벗들에게 고마움을 전합니다.

이야기 유목민은 상상력의 풀밭을 찾아 다시 여행을 시작합니다.

한정영

오늘의
청소년
문학
└── 14

히라도의 눈물

초판 1쇄 2015년 7월 30일
초판 10쇄 2021년 1월 5일

지은이 한정영

펴낸이 김한청
기획·편집 원경은 박윤아 이건진 차언조 양희우
마케팅 최지애 설채린 권희
디자인 이성아
경영전략 최원준

펴낸곳 도서출판 다른
출판등록 2004년 9월 2일 제2013-000194호
주소 서울시 마포구 동교로27길 3-12 N빌딩 2층
전화 02-3143-6478 팩스 02-3143-6479 이메일 khc15968@hanmail.net
블로그 blog.naver.com/darun_pub 페이스북 /darunpublishers

ISBN 979-11-5633-049-3 44810
      978-89-92711-57-9 (세트)